W0312113

CHRISTINA WALKER

# AUTO

ROMAN

braumüller

Die Buchtitel auf den Seiten 63 und 69 sind fiktiv. Alle Ähnlichkeiten mit tatsächlich existierenden Buchtiteln sind rein zufällig.

Bibliografische Information der Deutschen Nationalbibliothek
Die Deutsche Nationalbibliothek verzeichnet diese Publikation in der Deutschen Nationalbibliografie; detaillierte bibliografische Daten sind im Internet über http://dnb.d-nb.de abrufbar.

Alle Rechte, insbesondere das Recht der Vervielfältigung und Verbreitung sowie der Übersetzung, vorbehalten. Kein Teil des Werkes darf in irgendeiner Form (durch Fotokopie, Mikrofilm oder ein anderes Verfahren) ohne schriftliche Genehmigung des Verlages reproduziert oder unter Verwendung elektronischer Systeme gespeichert, verarbeitet, vervielfältigt oder verbreitet werden.

1. Auflage 2021
© 2021 by Braumüller GmbH
Servitengasse 5, A-1090 Wien
www.braumueller.at

Coverillustration: Shutterstock | © Karine1909
Druck: EuroPB, Dělostřelecká 344, CZ 261 01 Příbram
ISBN 978-3-99200-309-9

*Für A. und J.*

# 1.

Manchmal ist die Zeit ein Schaben. Es kommt von der Haustür, wenn sie über den Steinboden schleift. Die Tür schleift bloß morgens, weil es noch still ist im Hof. Dann drückt sich eine schmale Gestalt am Auto vorbei und biegt um die Hausecke. Sie rennt die Straße hinunter bis zum Stadtpark, wo die Kiesel unter ihren Schritten knirschen. Sie läuft die Strecke täglich, immer um halb sieben. Nach Susanne kann er die Uhr stellen. Vierzig Minuten später wird sie wieder an ihm vorbeigehen, meist, ohne den Kopf in seine Richtung zu wenden. Denn Susanne hat es morgens eilig. Nach dem Joggen duscht sie im Dampfbad im dritten Stock, sie schickt Matti zum Anziehen, und vielleicht schimpft sie, da ihr Sohn keinerlei Rücksicht auf den Energieverbrauch und das Weltklima nimmt, und sein Frühstück hat er auch nicht aufgegessen.

Hin und wieder ist er mitgelaufen, während Matti das Bad unter Dampf gesetzt hat, um seine Männchen ans Fenster zu malen. Alle Männchen haben Stachelhaare und Punktaugen, jedes hat einen anderen Mund.

Ich erfinde eine neue Sprache, sagt Matti zu seiner Verteidigung. Er holt ein Notizheft, zeichnet Männchen oder Mund oder beides ab und schreibt etwas dazu, das er niemandem zeigt. Erst wenn ich fertig bin, sagt Matti.

Wenn er sich vorbeugt, sieht er durch die Windschutzscheibe hoch zu den Fenstern der Wohnung. Im Auto im Hof ist es schon hell in der Früh. Im Bad im dritten Stock ist das Licht an. Das Fenster ist milchig beschlagen. Matti hat das Heißwasser bestimmt voll aufgedreht. Er malt. Nein, Matti schreibt etwas in großen Lettern. Er beugt sich weiter vor zur Autoscheibe, um es besser sehen zu können.

MOЯGEN PAPS, steht, in Spiegelschrift geschrieben, am Badezimmerfenster.

M-o-r-g-e-, morst er mit der Taschenlampe zurück. Beim n drückt er aus Versehen zweimal lang – –.

Eigentlich müsste Susanne über seinen Stillstand ja begeistert sein. Stillstand spart immens Energie und verpestet nirgends die Luft. Nur das mit dem Atmen, da kommt er nicht drum herum. Er könnte sich erkundigen, wie man beim Ausatmen weniger Kohlendioxid ausstößt. Er weiß im Moment jedoch nicht, wo oder bei wem.

Unter der Dusche versucht er, die Luft anzuhalten, so lange es geht. Irgendwann wird ihm fast leicht im Kopf. Wahrscheinlich vom Kohlendioxid, das sein Blut sättigt. Das Fenster im Bad hat Susanne blank gerubbelt, auf dem Küchentisch steht die halb volle Müslischale von Matti. Er löffelt das Müsli leer. Im Flur riecht es schwach nach Parfum. Er nimmt einen tiefen Atemzug und verlässt die Wohnung.

Ein Jugendlicher passiert den Durchgang mit den Mülltonnen, betritt den Hof und schaut suchend die Fassaden hoch. Der Junge hält ein Smartphone in der Hand und reibt das Display an seinem Bauch sauber, über den ein AC/DC-Pulli spannt.

Es ist Viertel vor zehn. Er stellt die Zeigeruhr im Auto auf halb sieben, wenn Susannes schmale Gestalt an ihm vorbei zum Joggen geht. Susanne ist seine Braunschweiger Atomuhr. Die Uhr im Auto ging nie ganz richtig.

Der Jugendliche lässt den Blick über die Häuser und Autos zu den Garagen schweifen. Er starrt auf das Display des Mobiltelefons, er reibt es nochmals am Pulli, als würde das etwas sichtbar machen. Ein letzter kritischer Blick wandert über den Hof. Der Junge setzt sich die Kopfhörer auf, die um seinen Hals hängen, und verschwindet.

Er beneidet den Jugendlichen kurz darum, an einem Mittwoch um Viertel vor zehn in einem fremden Hinterhof zu stehen und ein Handy am Bauch zu reiben. Früher hätte er ihn nicht beneidet. Er hätte ihn gar nicht gesehen, weil er am Mittwoch um Viertel vor zehn nicht hier gewesen wäre, sondern unterwegs zwischen Ulm,

Bamberg, Würzburg oder irgendwo anders südlich von Braunschweig. Da saß er ebenfalls dauernd im Auto. Bis auf die letzten viereinhalb Monate, in denen er ausschließlich mit dem Zug fuhr.

Ein Vertreter ohne Auto ist wie ein Mann ohne Du-weißt-schon-Was, sagte Bentheimer.

Das war auf seiner letzten großen Verlagssitzung. Bentheimer macht Niedersachsen und NRW. Das ist richtig groß.

Er würde gern einen Plan machen, so wie sie es früher im Verlag auf der Landkarte getan haben. Mit Steckfähnchen, schön übersichtlich. Nur fürchtet er, dass man auf diese Weise kein Leben feststecken kann. Er würde auch gern eine rauchen. Aber das hat er lange vor dem Autofahren aufgegeben. Damals war Susanne mit Matti schwanger. Jetzt ist Matti zehn, Mundsprachenerfinder und Materialist. Das Letzte behauptet Susanne. Sie übertreibt natürlich. Wenigstens tut sie das nur bei solchen Dingen und nicht bei anderen. Zum Beispiel hat sie nicht gesagt, dass sie verhungern müssen, weil er gerade nicht arbeitet. Und sie hat nicht gesagt, dass er mehr tun könnte, wenn er den ganzen Tag zu Hause sei, so etwas wie einkaufen gehen zum Beispiel. Susanne hat überhaupt nicht viel gesagt in letzter Zeit. Auch nicht, als er ins Auto zog. Matti fand es cool, zumindest für ein paar Tage.

Entzug mit Ersatzdroge, fällt ihm dazu ein. Und Nebenwirkungen. Er ist es nicht gewohnt, sich nicht zu bewegen. Oder vielmehr, sich nicht bewegen zu lassen. Nun rächt sich der ausgebremste Körper, die nicht durchgerüttelte Wirbelsäule, der Nacken, der tun kann, was er will, und auch wieder nicht. Der Körper ist ein Gewohnheitsapparat, das Auto kein Platz zum Schlafen, sofern man über 140 Zentimeter misst. So breit schätzt er die Rückbank, mit angezogenen Beinen. Die Muskeln in seinen Oberschenkeln ziehen, als wäre er zu viel joggen gewesen. Die Waden sind verhärtet, als hätte er dabei die falschen Schuhe getragen. Er macht Lockerungsübungen und streckt sich schräg durch den Innenraum des Autos bis vor zum Handschuhfach, dessen Deckel seit Jahren klemmt. Sein linkes Knie macht seltsame Geräusche.

Er möchte den Stillstand trotzdem nicht gleich aufgeben, er möchte das Nichtstun aushalten und das schlichte Da-Sein. Doch es gibt einige Dinge, die er nicht bedacht hat, als er ins Auto zog: Alles um ihn herum bewegt sich. Susanne, Matti, die Nachbarn, die anderen Autos im Hof mit Nachbarn hinterm Steuer. Die Katzen, die auf die Motorhaube springen und sich anschließend dort oder auf dem Autodach räkeln. Subjektiv betrachtet bewegen sich sogar die Sterne am Nachthimmel, die er vereinzelt durchs Dachfenster schimmern sieht.

Die Mülltonnen im Durchgang, die ihn halbwegs gegen die Straße und den Gehsteig abschirmen, stinken, seit es tagsüber wärmer wird. Dafür wird es in der Nacht saukalt. Es ist erst Ende März. Und seine Rückenbeschwerden werden weder von der Kälte noch vom Schlafen im Auto besser. Außerdem können Matti und er hier kein Fußball spielen, höchstens Fingerball mit einem kleinen Ball aus Butterbrotpapier oder aus Alufolie von Mattis Pausenbrot. Sie spielen im leeren Raum, den der ausgebaute Fahrersitz hinterlassen hat.

Das verstößt in keiner Weise gegen Regel 2: *Alle Eigenbewegung auf das Nötige und Wichtige reduzieren.* Ein wenig Bewegung ist nötig und das Spielen mit Matti wirklich wichtig. Und so ein Fingerballspiel verstößt schon gar nicht gegen Regel 1: *Jede Fremdbewegung (per Auto, Bus, Bahn etc.) vorerst vollständig vermeiden.*

Gegen die Bewegung rundherum kann er so wenig tun wie gegen die Erdrotation. Nach ein, zwei Tagen stört sie ihn gar nicht mehr. Die rot getigerte Katze (ein Kater?) kommt manchmal nachts zu ihm zum Schmusen. Er hat das Tier mit der Leberwurst aus Mattis Pausenbrot bestochen. Gegen die Kälte hat er sich eine zweite Wolldecke aus der Wohnung geholt. Die mag die Katze ebenfalls.

Gegen die Rückenschmerzen macht er regelmäßig Positionsverlagerungen, auch Muskelkontraktionen im

Gesäß helfen kurzzeitig. Es wäre unfair, die Schuld an seinen Beschwerden allein dem Auto zuzuschieben, in dem er zurzeit sitzt und liegt. Der Rücken tat ihm schon vorher weh.

Gegen den Gestank der Mülltonnen rückt er aus. Jeden Abend zieht er die Biomülltonne ganz nach vorne in die Tonnenreihe. Im Erdgeschoss zur Straße hin ist ein Frisör. Der öffnet am Morgen sein Fenster über der Mülltonne. Spätestens gegen Mittag kommt der Frisör heraus und stellt den Biomüll wieder ganz nach hinten in die Tonnenreihe, vor sein Auto.

Matti versucht fast täglich, ihn zum Fußballspielen im Hof zu überreden. Das verstößt nicht unbedingt gegen Regel 2. Schließlich muss sich jeder mal die Beine vertreten. Aber es verstößt eindeutig gegen die erste Hausregel von Frau Lichte, die sie Matti direkt beim Einzug mitteilte: Keinerlei Ballspiele im Hof, der Autos und der Fenster wegen! Frau Lichtes Mercedes steht neben seinem. Ähnlich still und unbewegt wie er und sein Auto.

Das Handschuhfach verweigert sich weiterhin. Im Seitenfach hat er dafür den alten Operngucker gefunden. Er hat seiner Großmutter gehört, die damit, soweit er weiß, nie in der Oper war. Im Stadttheater waren sie öfter zusammen. Als gelernte Schneiderin nahm sie das mit den Kostümen sehr genau. Selbst am Wams vom

Räuber Hotzenplotz oder an der Puffhose vom kleinen Muck war etwas auszusetzen. Ohne Operngucker hätte sie das niemals gesehen.

Mit seinem Pullover wischt er Staub und Fingerabdrücke (seine eigenen) von den optischen Gläsern und blickt probeweise aufs nächste Garagentor: Die Farbe blättert ab. Das Tor ist beige wie die Wüste oder ein Sandstrand irgendwo in Italien. Die ersten Ameisen wandern quer über das Blech und die teils aufgeplatzte Farbe. Rechts hat das Tor einen Sprung. Er schaut hinauf zur Wohnung im dritten Stock. Die Fenster spiegeln ein Stück Himmel und das Haus gegenüber. Rechts hat das Haus einen Sprung. Dann senkt er den Operngucker auf eine grasgrüne Kinderjacke, die vor dem Auto steht. Rechts hat die Jacke einen Sprung, der sich bis hinauf über Mattis Gesicht zieht.

Und?, fragt sein Sohn.

Nichts Konkretes, gibt er zu. Und das Wetter? Mit dem Wetterbericht hast du mich heute früh hängen lassen.

Matti rattert den Wetterbericht herunter (leicht bewölkt, kein Niederschlag, tagsüber bis zu 15 Grad). Sein Sohn klingt enttäuscht, was wahrscheinlich nichts mit der Wettervorhersage zu tun hat, die gar nicht so schlecht ist, sondern mit der Tatsache, dass er wieder keine Fortschritte seines Stillstands (also dessen absehbares Ende) melden kann.

Sie spielen zwei Halbzeiten Fingerball. Die demontierte Brotdose ist das Tor. Matti gewinnt 7:6 und freut sich. Matti gewinnt beinahe jedes Match, obwohl er ihn schon lange nicht mehr gewinnen lässt. Danach teilen sie sich das abgestandene Wasser aus Mattis Trinkflasche.

Kommst du zum Abendessen hoch?, fragt Matti.

Sicher, ich muss kochen, sagt er. Es gibt Burger. Matti, gehst du noch einkaufen für mich? Er hält seinem Sohn einen Zwanziger und einen Zettel hin.

Matti zögert, endlich greift er zu und meint leise: Schade, mit Einkaufsliste.

Klar, gönn dir was, falls Geld übrig bleibt, antwortet er erleichtert. Sein Sohn hätte ja auch zu ihm sagen können, dass er eigentlich mehr als genug Zeit habe, um einkaufen zu gehen, während andere in der Familie zur Schule oder in die Arbeit mussten.

Matti war ungefähr fünf, als er mit ihm und dem Operngucker an den See fuhr. Sie beobachteten die Enten, Blässhühner und Schwäne. Matti hielt sich das Glas verkehrt herum an die Augen, darum bemerkte er nicht, dass der Schwan bereits vor ihm stand. Als der Vogel ihn anfauchte, ließ Matti den Operngucker fallen. Jetzt hat das Glas rechts einen Sprung.

Im Herbst fuhr er an einem riesigen, abgelassenen Teich vorüber. Auf einem Baumstamm, der im Schlamm gestrandet war, standen zwei Reiher und streckten ihre Schnäbel in den Himmel. Er hatte Mitleid mit dem Himmel, weil der nichts dafürkonnte. Er blieb auf dem Pannenstreifen stehen und hatte nun ebenso Mitleid mit den Reihern, die nichts dafürkonnten, dass sie auf dem Trockenen standen. Ohne Aussicht auf den kleinsten Fisch. Die Polizisten, die ihn zum Weiterfahren aufforderten, verstanden das nicht. Sie ließen ihn in ein Röhrchen pusten.

Am Abend beginnt es leicht zu nieseln. Die Windschutzscheibe überzieht sich mit durchsichtigen Perlen, in denen das schummrige Licht der Innenleuchte bricht. Er könnte die kleinen Auffälligkeiten seines Körpers gerade bequem auf das Wetter schieben. Denn jeder Tropfen sorgt für ein Minimum an Erschütterung. Allein sind sie machtlos, alle Tropfen zusammen sind jedoch seismografisch beachtenswert. Sein Hintern surrt. Den Dickdarm hinauf, die Wirbelsäule entlang vibriert es in ihm bis in den Kopf. Als würde im Erdinneren gebohrt. Als führe gar nicht weit entfernt ein endloser Güterzug. Als säße er in einem Auto, das zu schnell fährt. Das ist ebenfalls der Entzug, vermutet er. Und dessen Nebenwirkungen. Wenn er den Hintern verlagert, hört das Surren eine Weile auf.

Er vermisst den Verkehrsfunk. Er wird Mattis Dampfmännchen am Badezimmerfenster vermissen, wenn sein Sohn über Ostern mit Susanne wegfährt. Und den Morgengruß. Und das Fingerballspiel im Auto. Er hat es trotzdem abgelehnt mitzufahren, um bunte Eier im Garten der Schwiegermutter zu suchen. Das liegt nicht an seiner Schwiegermutter, gegen die er nichts hat, und bestimmt nicht an den Eiern, sondern an Regel 1 (jede Fremdbewegung vorerst vollständig vermeiden). Selbst eine kurze Zugfahrt bleibt eine Zugfahrt. Matti fand das blöd und belegte seinen dritten Burger.

Dir wird gleich schlecht, sagte Susanne und sah dabei nicht Matti, sondern ihn an. Ist es in Ordnung, dass wir wegfahren? Kommst du zurecht ohne uns?

Freilich, meinte er.

Den Rest von Mattis Burger nahm er mit ins Auto für die Katze (den Kater?).

Nirgends frieren die Katzen und Menschen so wie am Bamberger Bahnhof im Dezember, denkt er und ist froh, dass er dort nicht mehr stehen und warten muss. Da kann er sein Auto durchaus mal loben. Genauso wie die zusätzliche Decke auf seinen Beinen und das rot getigerte Fell, das hin und wieder darauf liegt. Eins wärmt das andere. Aber heute schlingt die Katze bloß das angebissene Fleischlaibchen hinunter und macht sich davon. Er konzentriert sich erneut auf das Surren in seinem Hintern, das zwischendurch nachlässt, und erschrickt, als etwas Hartes an die Seitenscheibe klopft. Zwei Bierflaschen legen sich draußen ans nasse Glas.

Lust auf ein kleines Helles mit deinem Lieblingsnachbarn?, fragt Stegmann durch den Spalt im Autofenster.

Sie setzen sich nebeneinander auf die Rückbank, trinken und schauen zu, wie sich die Tröpfchen auf der Windschutzscheibe zu größeren Tropfen verbünden und am Glas hinuntertrudeln.

Komisch, man hört den Regen gar nicht hier drin, sagt Stegmann, man spürt ihn eher.

Surrt es etwa im Hintern?, fragt er.

Es surrt und prickelt, bestätigt Stegmann, wie Kohlensäure. Ob er was im Auto anhabe, die Standheizung vielleicht? Das könne doch nicht von einem Schluck Bier im Bauch kommen.

Ich glaube, das sind die Lebensblasen, erklärt er seinem Nachbarn, die spürst du nur, wenn du ganz still sitzt. Das habe ich auch erst herausgefunden.

## 2.

Auf der Erde kommt jeder Körper ohne Antrieb, sei es ein eigener oder einer von außen, irgendwann zum Stillstand. Das hängt mit der Reibung zusammen, die viele im Alltag gar nicht bemerken, weil sie stets angetrieben werden (was viele wohl ebenfalls nicht bemerken). Im Weltall dagegen wäre das anders. In der Schwerelosigkeit gibt es kaum Widerstände, die einen aufhalten. Aber er weiß, das wäre nichts für ihn. So ohne jede Schwerkraft, so ohne Widerstand, so ohne Halt und Anfang und Ende. Er überlegt, ob man an die Schwerkraft und an die Unendlichkeit zugleich glauben kann. Er glaubt vorerst an die Wettervorhersage und an den täglichen Apfel. Er glaubt im Grunde auch an den Stillstand und daran, dass es Größe braucht, ihn auszuhalten. Er bezweifelt im Moment allerdings, ob er groß genug dafür sein würde. Das liegt unter anderem an der vielen Zeit, die einfach da ist, Tag für Tag. Aufdringlich, undurchdringlich und unüberschaubar. Genauso wie er einfach da ist, fällt ihm plötzlich ein. Wie könnte er der Zeit also vorwerfen, wenn sie dasselbe tut? Überhaupt sollte man mit Vorwürfen sparsam umgehen, findet er. Sogar sich selbst gegenüber.

Regel 3: *Mit Vorwürfen sparsam umgehen.* Oder darauf verzichten.

Der Buchhändler in Bayreuth lud ihn immer auf einen Whiskey ein. Die Flasche stand im Schrank in einem engen Büro, das überquoll vor Papier. Der Mann schenkte das Getränk in weite Gläser, in denen es viel Platz hatte. Dann stieg der Buchhändler um auf Gin. Die Flaschen stellte er in ein Buchregal vorne im Laden. Der Gin verkaufte sich besser als die Ratgeber daneben, und er fuhr bald nicht mehr nach Bayreuth. Das war schade, denn die Stadt ist bahntechnisch halbwegs gut angebunden.

Bentheimer wollte beim nächsten Verkaufstraining wissen, warum er nicht mehr nach Bayreuth fahre.

Er meinte, Gin gehe halt besser als Sachbuch.

Bentheimer deklamierte in die Runde: Wenn du ein gutes Produkt hast – gut. Wenn du die Leute davon überzeugen kannst – besser. Wenn du selber davon überzeugt bist – am besten.

Ein Vertreter in der Nähe flüsterte so etwas wie Amen.

Er murmelte: Empathie. Deshalb hat er nicht alle überzeugt, die ihm begegneten. Weil er ihre Abwehr spürte und respektierte.

Das ist deine Abwehr, Busch, nicht ihre, sagte Bentheimer lauter als nötig.

Er nimmt sich vor, das mit der Abwehr Dr. Hoffmann zu erzählen. Abwehr und Angst haben vielleicht etwas miteinander zu tun. Vielleicht auch mit dem richtigen Ansatz, den der Psychiater noch nicht gefunden hat, da er seinen Klienten bisher nur vom Telefon kennt.

Amaxophobie, sagte Dr. Hoffmann bei ihrem ersten Gespräch.

Wie bitte?, fragte er.

Angst vor dem Autofahren, meinte Dr. Hoffmann. Das werde schon wieder und sei weiter verbreitet, als er glaube. Dagegen gebe es Mittel und Methoden. Der Arzt bat ihn, einen Termin zu vereinbaren und vorbeizukommen.

Er lehnte höflich ab, Stillstand sei eben Stillstand. Sie einigten sich vorerst auf Gespräche am Telefon. Beim dritten Telefonat sagte Dr. Hoffmann, dass er ihn gern einmal persönlich sehen würde. Zur Praxis käme man ja gut zu Fuß oder mit der Straßenbahn. Er lehnte wieder höflich ab, Stillstand sei eben Stillstand.

Der Psychiater machte ein pfeifendes Geräusch, und von etwas weiter weg hörte er eine weibliche Stimme: Ist das Herr Busch am Telefon? Er soll die Versichertenkarte bringen, sonst muss ich eine Rechnung schreiben.

Und Dr. Hoffmann sagte: Aber Frau Springer!

Er telefoniert wöchentlich ein- oder zweimal mit Dr. Hoffmann. Als aktive Kontaktaufnahme mit der Außenwelt fällt das zwar unter Regel 2 (alle Eigenbewegung auf das Nötige und Wichtige reduzieren), doch dieser Kontakt sei dringend nötig und daher wichtig, sagte Susanne, und er hat ihr nicht widersprochen. Niemand widerspricht Susanne gern.

Keiner lässt sich blicken. Das ganze Haus scheint in die Osterferien verschwunden zu sein. Die Kleine von Winklers präsentierte ihm gestern vor der Abfahrt stumm und stolz ihre doppelte Zahnlücke durchs Seitenfenster. Er hielt seinen Fuß mit dem Loch im Strumpf hoch, durch das die große auf die benachbarte Zehe zeigte. Das Mädchen zog eine Grimasse und grinste. Die Mutter zog das winkende Kind weg zum eigenen Auto. Jetzt vermisst er sogar Susannes Türschaben am Morgen. Und (das hätte er nicht gedacht) am meisten vermisst er Mattis tägliche Und-Fragen. Er findet es großartig, was sein Sohn alles in ein „Und" mit Fragezeichen dahinter packen kann: Und wann weißt du, was du tun wirst? Und wann ist alles wieder normal? Und wann wohnst du wieder oben bei uns? Und wann bewegst du dich endlich und kommst mit mir und Simon zur Halfpipe, damit ich dir zeigen kann, wie man sich am besten den Hals bricht? Solche Sachen machen Zehnjährige am liebsten. Skateboard,

Bouldern, Hochseilgarten. Er hat früher Tischtennis gespielt. Zweimal die Woche im Verein.

70 reicht, mehr muss nicht sein, älter will ich gar nicht werden, sagte sein Großvater.

Ich werde mindestens 90, da hast du den Dreck, sagte seine Großmutter darauf.

Er steht oben in der Küche vor dem leeren Kühlschrank und denkt: Da hast du den Dreck. Oder Matti und Susanne haben einfach nicht daran gedacht, was er eigentlich nicht glaubt. Bestimmt haben die beiden absichtlich nichts für ihn eingekauft und alle Reste mitgenommen. Damit er sich bewegen muss nach zwei Wochen in der Wohnung und einer Woche im Auto im Hof. Er weiß, dass Matti mitzählt. Er vermutet, dass Susanne aufgehört hat mitzuzählen, wie lange er Haus und Hof schon nicht mehr verlassen hat. Sie wollen ihn herausfordern. Der nächste Supermarkt ist am anderen Ende der Straße. Stillstand ade!

Fordern heißt fördern, hatte Mattis erste Lehrerin gesagt, als es im Heimat- und Sachunterricht ein wenig hakte.

Die Autobahnen zwischen Würzburg und Rosenheim kennt er trotzdem besser als seine eigene Straße. Seine Familie müsste das wissen. Seine Familie müsste ebenso wissen, dass Regel 2 dadurch verletzt werden könnte. Er verstößt kurz gegen Regel 3 (mit Vorwürfen sparsam umgehen) und sagt laut in den leeren Kühlschrank: Einkaufen ist nötig und wichtig und verstößt somit gegen keine Regel. Jeder muss essen.

Der Kühlschrank surrt zurück. Er drückt ihn zu und beschließt, dass er ausnahmsweise einer von Bentheimers Strategien folgen wird: Wähle auf einer Tour, falls kein Umweg, zuerst die Ziele, die dir vertraut sind und wo du bereits Erfolg hattest.

Am Anfang war das Auto. Und das Gefühl, sanft geschaukelt zu werden. Zuerst auf starken Armen, die sich in einen etwas kratzigen Sitz verwandelten. Unter diesem Sitz sorgte ein geheimnisvolles technisches Werk für den tiefsten Schlaf seiner Kindheit. Jedenfalls erinnert er sich an das im Morgengrauen finstere Gesicht des Vaters. Einen Augenaufschlag später folgt ein hell flimmerndes Bild in Blau und Gelb. Seine erste farbige Erinnerung: Sie fuhren auf einer geraden Straße an einem goldenen Sandstrand entlang. Sie fuhren parallel zum Meer, das weit hinten nahtlos in den gleich blauen Himmel überging.

Er rief: Stehen bleiben! Bitte!

Seine Mutter drehte sich zu ihm um: Musst du aufs Klo?

Sie hatte einen Straßenatlas im Schoß liegen. Das Auto fuhr weiter.

Als er wieder hinaussah, hatten hohe Häuserreihen den Strand und das Meer verschluckt.

Nein, sagte er, ich muss nicht aufs Klo.

Danach glaubte er lange, dass Autos einen von einem Ort an den anderen, viel schöneren zaubern könnten.

Als erstes Etappenziel wählt er die Hausecke mit Aussicht auf die Straße. Am anderen Ende der Straße sieht er die Seitenfront des Supermarkts. Blau und gelb, gestochen scharf. Da flimmert nichts. Von der Biomülltonne hinter ihm lösen sich faulige Gerüche. Sein leerer Magen rumort. Er hätte doch versuchen sollen, Mattis Müsli ohne Milch hinunterzubekommen. Er stellt sich weiter weg von der Tonne, vor das Haus.

Guten Morgen, wollen Sie zu mir?, fragt der Frisör, der gerade seinen Laden aufschließt. Ich fürchte, ich bin restlos ausgebucht, die Feiertage.

Nein, nein, er schaue nur, murmelt er und streicht sich durchs Haar, das feucht ist vom Duschen und nur ein bisschen zu lang. Dann zieht er die stinkende Biomülltonne ans andere Ende der Tonnenreihe, vor sein Auto.

Sofort öffnet der Frisör sein Fenster und beugt sich heraus: Danke, das ist nett von Ihnen, das hätte ich nachher auch gemacht. Irgend so ein Depp stellt mir diese Tonne immer genau unters Fenster.

Wähle auf einer Tour zuerst die Ziele, die dir vertraut sind und wo du bereits Erfolg hattest. Von der Hausecke sieht er schräg gegenüber an der nächsten Straßenecke das Café-Bistro. Dort war er mit Stegmann schon auf ein Bier. Am Ende waren sie per Du mit Gitti, der blonden Wirtin. Es sind 53 Schritte von der Hausecke quer über den Gehsteig und die Fahrbahn bis zu dem Lokal. Er zählt still mit.

Zählen beruhigt ihn. Das hat sich unterwegs sehr bewährt. Und so hat er vor einiger Zeit angefangen mitzuzählen: eine Massenkarambolage auf der A7, neun Verletzte, ein Zusammenstoß mit einem Lkw auf der Romantischen Straße, zwei Schwerverletzte, ein tödlicher Motorradunfall auf der B27 und weitere zwei Verkehrsopfer, weil sie aus bislang unbekanntem Grund mitten auf der A99 mit dem Rennrad trainierten. Machte vier schwere Unfälle mit mindestens drei Toten an einem Tag.

Susanne fragte, warum er das mache. Die Toten zählen, das sei ja pervers.

Er glaube an den Verkehrsfunk, sagte er. Was sollte er denn sonst tun.

Die Tür zum Café-Bistro ist verschlossen. Hinter der Theke steht ein Mann mit durchtrainierten Schultern und poliert Gläser, eines nach dem anderen, bis der Mann ihn aus dem Augenwinkel draußen stehen sieht. Er zieht ein Handy aus seiner Hosentasche, wirft einen Blick drauf und kommt zur Tür: Es ist nicht mal neun, samstags machen wir erst um zehn auf.

Er bleibt trotzdem vor der Tür stehen.

Die Kaffeemaschine ist aus, erklärt der Mann. Das dauert, bis sie aufheizt.

Ich würde ein kühles Bier nehmen, meint er. Wenn das geht. Und eine Breze.

Zwei kleine Bier und eine Breze später ist er per Du mit Markus. Die blonde Wirtin wohnt bei ihrem neuen Freund in Spanien. Sie stoßen auf die Freiheit an. Das dritte kleine Bier dazu schmeckt schal.

Markus erzählt, dass Gitti jetzt ganz achtsam sei. Nicht mehr rauche, nicht mehr trinke, keine Haare mehr färbe und täglich zweimal mit dem Hund Gassi gehe. Wir telefonieren manchmal, sagt Markus.

Ach, sagt er, sie ist gar nicht echt blond?

Ich bin wegen ihr hierher gezogen vor ein paar Jahren, sagt Markus und dreht an seinem Ohrring. Von Berlin.

Das war aber unachtsam, stellt er fest.

Das Surren im Hintern fängt wieder an. Die Eingeweide übertragen es bis hinauf ins Hirn.

Vor ein paar Jahren war er bei einer Fortbildung in Berlin. Dort traf er eine Verlagsvertreterin aus Potsdam und trank Bier an der Hotelbar. Sie trank Chianti Classico und küsste ihn sorgfältig mitten auf den Mund. Als er für beide bezahlte, lächelte ihn Matti aus der Geldbörse an. Susanne hatte ihm Börse und Bild geschenkt. Er entschuldigte sich bei der Verlagsvertreterin aus Potsdam und ging schlafen.

Mit etwas Mühe kann er endlich den Kopf drehen. Kurz nach sechs. Die Zeiger der Uhr, die er seit gestern nicht mehr gestellt hat, erkennt er im Halbdunkeln. Das nächste Etappenziel, der Supermarkt, hat zu. Es ist Karsamstagabend. Ihm ist schwindlig, Nacken und Schultern tun weh. Susanne hat nicht ein einziges Mal zu ihm gesagt, dass er sich seinen Rücken im Auto restlos verderben würde. Er überlegt, ob er ihr das hoch anrechnen soll oder ob ihr Schweigen womöglich mit Gleichgültigkeit zu tun hat. Er wählt das erste. Das Offensichtliche muss ja nicht auch noch laut ausgesprochen werden.

Im leeren Raum, den der ausgebaute Fahrersitz hinterlassen hat, geht er auf alle Viere. Er öffnet die Wagentür und krabbelt aus dem Auto. Draußen entfaltet er sich langsam und vorsichtig, Körperteil für Körperteil. Als er zuletzt Kopf und Oberkörper über das Autodach streckt, grüßt ein Herr aus dem beleuchteten Fenster im Hochparterre. Der alte Mann scheint sich zu freuen, in dem verlassenen Hof ein lebendiges Wesen zu entdecken.

Oben in der Wohnung findet er weit hinten im Küchenschrank Ravioli (er isst sie kalt aus der Dose), eine Doppelpackung Müsliriegel (er legt sie auf den Tisch) und zwei halb verschrumpelte Äpfel (der tägliche Apfel für heute und morgen). Es dauert eine Weile, bis er im Bad die Wärmeflasche für seinen Rücken gefunden hat. Das Telefon klingelt, er ist nicht schnell genug, der Anrufbeantworter springt an.

Paps, stell dir vor, Oma hat eine Katze!, ruft Matti durch den Flur.

Endlich hält er das Telefon in der Hand und sagt: Susanne ist doch allergisch.

Matti meint, das sei ihm egal. Heidrun sei seine Glückskatze. Das habe er durchgeben wollen: Er habe jetzt eine Glückskatze, eine dreifarbige.

Es tutet in der Leitung. Sein Sohn hat aufgelegt. Er fragt sich, ob das etwas mit ihm zu tun hat.

Auf dem Telefontischchen liegt ein Notizzettel, den er vorher nicht bemerkt hat: Nimm bitte ausnahmsweise dein Handy mit ins Auto. Damit wir dich erreichen können. Kuss S.

Er schreibt klein darunter: Lieber keine weiteren Ausnahmen. Kuss M. Und auf einen extra Zettel, damit das Kleingeschriebene nicht als unkooperativ missverstanden wird, notiert er: Mobiltelefon = nicht nötige Eigenbewegung – Verstoß gegen Regel 2.

Noch einmal fragt er sich, ob das etwas mit ihm zu tun hat. Susanne schreibt ihm Zettel, obwohl er im Hof im Auto sitzt. Vielleicht hatte sie vor der Abfahrt keine Zeit, hinunterzugehen und mit ihm zu reden. Immerhin sind es drei Stockwerke.

Mit einem schrumpeligen Apfel in der Hand steht er in der Tür zum Schlafzimmer. Susanne hat die blau-gold gemusterte Tagesdecke über das Bett gezogen. So faltenlos, dass er nicht wagt, das Bett zu berühren, geschweige denn, sich hineinzulegen. Sie hat die Decke auf einem Straßenmarkt in Barcelona gekauft. Abends im Hotel hüllte sie sich nackt in die schimmernde Decke, er trug seine Frau ins Bett wie ein Geschenk und keiner von ihnen nahm Rücksicht auf den schönen Stoff.

Er beißt in den Apfel, der mehlig und merkwürdig geschmacklos ist, schließt leise die Tür zum Schlafzimmer und geht hinunter ins Auto, um auf die Nacht und die rot getigerte Katze zu warten.

Regel 4: *Sentimentalitäten kurz halten.*

# 3.

Im Oktober stand er vor Stuttgart im Stau und stieg aus. Es war das letzte Mal, dass er Auto gefahren war. Er ging zu Fuß zwei Stunden von der Autobahn quer über Felder und durch Vorstädte zum Bahnhof. Der neue Disponent vom Verlag schickte ihm am nächsten Tag eine böse SMS, weil er mit einer Kollegin das Auto abholen musste. Da standen sie ebenfalls im Stau.

Wie er sich das eigentlich vorstelle, fragte Bentheimer, der sich das im Leben nicht vorstellen konnte. Ohne Auto! Aber in Niedersachsen gebe es kaum Verkehr, außer in Hannover. Wenn man allerdings an NRW denke. Kein Wunder, wenn einer dort Vögel kriegt.

Er stellte sich vor, wie er mit dem Zug an einem riesigen, mit Wasser gefüllten Teich vorüberfuhr. Im Teich trieb ein Baumstamm, und im seichten Wasser standen zwei Reiher auf der Lauer.

Das finde sie wirklich mutig mit der Bahn, meinte Susanne.

Er schaute in den Himmel und fand, dass der Fisch praktisch schon wieder im Wasser schwamm.

Am Morgen lässt er das Wasser in der Dusche so heiß laufen, dass das Badezimmerfenster beschlägt. MOЯGEN MATTI, schreibt er auf die Scheibe, & SUSAN, fügt er hinzu. Dann hält er seinen Nacken lange unters warme Wasser. Er fühlt sich in jedem Fall in der Lage, Bentheimers Strategie weiterzuverfolgen und nun ein neues, unbekanntes Ziel anzusteuern. Bloß, der Supermarkt hat am Sonntag zu. Nach dem Anziehen isst er in der Küche einen der Müsliriegel, den zweiten steckt er ein.

Der alte Herr sitzt im offenen Fenster im Hochparterre und nickt ihm zu. Es ist zum ersten Mal im Jahr etwas wärmer. Gerade als er zurückgrüßen will, schließt Frau Lichte dem Mann das Fenster vor der Nase und zieht die Gardine zu. Er rollt die Biomülltonne ganz nach vorne unters Frisörfenster, das heute geschlossen bleibt. Die kleinen Räder rattern in die feierliche Osterruhe wie Karfreitagsratschen. Eine Gruppe Frauen und Männer fährt auf Rädern die Straße entlang. Er sieht ihnen nach und ist recht zufrieden mit seinem stillen Hof, auf den die milde Frühjahrssonne scheint.

Aus dem Keller holt er zwei Campingstühle, die er sonst mit an den See zum Baden nimmt. Einen für sich und seinen Rücken und einen für Susanne, die aber lieber mit Matti auf dem Handtuch im Kies liegt. Er stellt den zweiten Stuhl für seine Beine auf. Beine hochlagern entlastet den Rücken, hat er in einem Ratgeber gelesen. Und Ende März sind die Vitamin-D-Speicher endgültig leer, stand in einem anderen. Sein Zug wartete gerade irgendwo auf der Bahnstrecke zwischen Ingolstadt und Regensburg, draußen graupelte es. Er blätterte durch die Bücher aus seinem neuen Koffer. Als er noch mit dem Auto unterwegs war, kam er selten zum Lesen. Doch bei Graupelschauern hätte er ebenfalls sofort angehalten.

Vor dem Garagentor von Winklers ist es am sonnigsten. Er lehnt sich zurück und lässt Licht und Wärme durch seine geschlossenen Augendeckel sickern, bis sich jemand räuspert.

Die tun immer was, oder? Markus tritt näher ans Garagentor: Könnte man glatt ein schlechtes Gewissen kriegen.

Eine Ameisenkolonne wandert die aufgeplatzte Blechwüste hinauf, eine andere Kolonne wandert hinunter. Die Ameisen verschwinden in einem unscheinbaren Loch neben der Garage. Bestimmt ist darunter ein riesiger Bau, denkt er. Ein Königinnenreich aus Gängen und Kammern, in denen alles nach ungeschriebenen Regeln reibungslos abläuft. Er bietet Markus einen Stuhl an und sagt: Ameisen funktionieren in Formation. Da schert keine aus. Und das ist stets sinnvoll und nützlich für sie. Das ist die Choreografie des Sinns schlechthin.

Die was?, fragt Markus.

Er sagt: Sie würden den Stillstand nicht aushalten.

Ich sowieso nicht, sagt Markus und dreht an seinem Ohrring. Er mache jetzt auf, Feiertag hin, Feiertag her. Irgendwas müsse ja passieren. Irgendwas müsse er ja tun. Und die Leute würden schon kommen.

Eine Ameisenkolonne wandert das Blechtor hinauf, eine andere Kolonne wandert hinunter. Er geht hoch in die Wohnung und holt Stift und Notizblock. Darauf zeichnet er die Wege der Ameisen nach. Maßstab etwa 1:50. Er zerkrümelt den zweiten Müsliriegel, obwohl er selbst hungrig ist. Er hat vergessen, Markus zu fragen, ob es im Café-Bistro etwas zu essen gibt außer trockenen Brezen. Die süßen Krümel streut er um den Eingang zum Königinnenreich neben Winklers Garage und wartet ab. Stundenlang beobachtet er die Insekten, mit und ohne Operngucker. Soweit er es beurteilen kann, weichen die Kolonnen am Tor kaum vom Weg ab. Für die Müsliriegelkrümel am Eingang sind andere Arbeiterinnen zuständig. Sie rücken aus der Tiefe des Ameisenbaus nach. Aufgabe ist Aufgabe. Jede hat ihre, jeder hat seine, so soll es sein. Und er wird auch eine finden.

Er beschließt, Bentheimer ein Buch über Ameisen zu schenken. Zuerst wird er darin nachlesen, woher die Ameisen ihre Kraft nehmen und warum die Schwerkraft scheinbar nicht für sie gilt. Und vor allem: Wieso

Ameisen in jedem Spezialfall zu wissen scheinen (wie Bentheimer), wer was zu tun hat.

Ruhe ist nur ein Spezialfall der geradlinig gleichförmigen Bewegung, sagte er vorher zu Markus.

Im Leben laufe aber wenig geradlinig, entgegnete Markus, dafür gebe es viel zu viele gleichförmige Zeiten. Zumindest bei ihm.

Das Auto neben seinem leuchtet in der Sonne türkisblau wie das Meer, das irgendwo in Italien mit dem Horizont verwachsen ist. Die Hauswand dahinter ist dreckig grau wie nasser Sand. Wenn er sich den Operngucker verkehrt an die Augen hält, wird das Meer tief und weit, bis rechts durch Frau Lichte ein Sprung geht. Sie steht direkt vor ihm.

Ist das nicht unanständig, alte Frauen mit dem Fernglas auszuspionieren?, sagt Frau Lichte und zupft ihren Hut zurecht. Nutzen Sie die Ruhe lieber, Herr Busch, wenn alle weg sind. Mich stört das keineswegs, dass Sie hier im Hof Ihren Wagen reparieren. Kommen Sie denn voran?

Ich war gerade am Meer, sagt er entschuldigend.

Frau Lichte legt eine runzlige Hand auf die türkisfarbene Kühlerhaube: Ist das nicht eine Freude, diese Farbe? Wir schauen so gerne drauf. Mein Mann besonders.

Er schielt kurz zum Fenster im Hochparterre, hinter dem sich nichts bewegt, kein Mensch und keine Gardine, und überlegt, ob Frau Lichte jemals zuvor ihren Mann erwähnt hat.

Seine Vermieterin beugt sich näher zu ihm. Sie könne ihren Mann ja nicht mehr alleine hinauslassen, flüstert sie. Er könnte sich leicht verlaufen und nicht mehr heimfinden. Sogar aus dem Fenster sei er voriges Jahr geklettert. Übers Gerüst, als die Maler die Fassade neu machten.

Sportlich, sagt er.

Dementia, meint Frau Lichte. Sie tippt an die lila Blume seitlich auf ihrem Hut. Mein Mann darf gar nicht mehr Auto fahren, wenn er's überhaupt noch könnte. Und ich habe das Autofahren nie gelernt. Aber in die Kirche komme ich zu Fuß, das reicht doch.

Wie immer eine Woche in die Lüneburger Heide, das reicht doch, sagte sein Großvater.

Einmal Capri, Sorrent, Venedig, rief seine Großmutter, auf Heidschnucken bin ich allergisch!

Im selben Sommer fuhr er mit Susanne und Matti an die Nordsee. Sie kauften sich handgestrickte Schafwollpullover und ließen sich eine Woche lang die Nasen freipusten. Man konnte sich an den Wind und die Gischt lehnen. Gewichtskraft, Waschkraft, Überzeugungskraft. Er mochte das. Susanne war es zu kalt.

Zwei Jugendliche mit dunklen Kapuzenpullis betreten den Hof. Sie schauen auf die Displays ihrer Smartphones, mal auf das eine, mal auf das andere, und lassen danach den Blick über die Häuser und Garagen schweifen. Der Größere wischt sein Mobiltelefon am Ärmel blank und hebt die Schultern. Anscheinend macht oder zeigt das Gerät nicht, was er möchte. Die Jugendlichen sehen ihn nicht im Auto sitzen. Sie zucken zusammen, als er neben ihnen aussteigt und grüßt.

Habt ihr vielleicht den Wetterbericht auf eurem Handy?, fragt er.

Die Jugendlichen starren ihn an.

Mein Sohn ist verreist, sagt er, und das Autoradio funktioniert nicht. Mein Sohn hört sonst jeden Morgen den Wetterbericht für mich im Küchenradio.

Die Jugendlichen starren ihn an.

Das sei nur so eine blöde Angewohnheit von ihm, erklärt er, das mit dem Wetter. Man wisse eben gern, was jeden Tag auf einen zukomme. Ob man nun unterwegs sei oder nicht.

Der Schmächtigere blinzelt hinauf ins Himmelsviereck über dem Hof und meint: Schön.

Der Größere sagt: Fuck, hier kriegen wir keinen. Verbindung off. So werden wir das Ei nie ausbrüten.

Die beiden blicken auf ihre Smartphones. Schulter an Schulter verlassen sie grußlos den Hof. Er schaut hinauf in den Himmel und sieht, dass das Licht gut ist.

Er mag das weiße Frühlingslicht. An einem weißen Frühlingstag hat er Susanne zum ersten Mal geküsst. Als sie vier Tage zuvor mit der Verlagsleitung in die Kantine kam, erhellte sie den grau-orangen Raum so, dass er die Augen schließen musste.

Ein neuer Identitätsanstrich, brummte Bentheimer ungewöhnlich leise ins Dunkle hinein, was das wieder koste. Man solle lieber mal das Programm überdenken. Er verkaufe ja keine Logos und Schriftzüge, sondern Bücher. Und mit seinen Strategien verkaufe er die letzten Ladenhüter. Er wisse gar nicht, was diese Fortbildung solle, eine ganze Woche. Wenigstens seien die Schnitzel hier spitze.

Er hörte Bentheimer und die anderen am Tisch gewöhnlich laut weiteressen und öffnete die Augen, um der schmalen Frau, die den Raum erhellte, zu folgen. Er stand auf, stellte sich zu ihr an die Essensausgabe und raunte: Nehmen Sie ja kein Schnitzel hier.

Sie raunte zurück, das habe sie nie vorgehabt, und bedankte sich für die Warnung.

Er aß jeden Mittag in der Kantine, nur kein Schnitzel mehr. Er wartete die ganze trübe Woche auf das Strahlen, das sie mitbrachte. Doch erst am Freitag sah er sie wieder. Sie stand vor dem Eingang, beide Hände als Sonnensegel über den Augen, und betrachtete den Schriftzug an der Tür, der ebenfalls erneuert werden sollte.

Wie geht es Ihnen?, fragte er.

Ich sollte später kommen, sagte sie. Bei diesem Licht kann ich weder richtig denken noch sehen.

Später saßen sie in einem Biergarten im schmalen Schatten einer fast nackten Kastanie. Er zählte die ersten Mücken, die flogen. (Zählen beruhigt.) Sie zog den Kragen ihres Mantels höher, als sich die Sonne senkte. Er nahm ihre Hände in seine und hauchte sie warm. Sie nahm ihm die Hände weg und lachte in die tief stehende Sonne. Da küsste er sie schnell und schief auf den offenen Mund.

Verzeihung, sagte er, bei diesem Licht kann ich weder richtig denken noch sehen.

Seit er Susanne kennt, glaubt er an die Liebe auf den ersten Blick. Tägliche Äpfel, an die er glauben könnte, hat er im Moment keine mehr, und Verkehrsfunk und Stillstand schließen sich gegenseitig aus, hat er beschlossen. Er entscheidet sich vorerst für den Stillstand, weil dieser sich auch für ihn entschieden hat. Er überlegt kurz, ob Susanne sich für ihn entschieden hat, weil er sich für sie entschieden hatte.

Mit Pragmatismus kommst du weiter, aber nicht am weitesten, sagte Bentheimer einmal.

Und er dachte: Vielleicht kann man Bentheimer doch mögen.

Einfach nur im Auto zu sitzen, würde er nicht als Konfrontationstherapie bezeichnen, sagte Dr. Hoffmann.

Er sagte: Ich finde es alles andere als einfach, nur im Auto zu sitzen.

Manchmal hatte er in der Tat das Gefühl, der Wagen bewege sich. Allerdings war es stets die Welt außerhalb des Autos, die einen Ruck tat. Wie in Bahnhöfen, wenn der andere Zug losfährt und man meint, es sei der eigene. Die eigene Bewegung, das eigene Vorankommen ist mitunter also eine Sinnestäuschung. Da liegt die Frage nahe, ob das öfters der Fall gewesen sein könnte, als er vermutete.

Wissen Sie, dass das Wort Angst mit dem lateinischen „angustus" verwandt ist?, fuhr Dr. Hoffmann fort. Das heißt eng. Die Angst macht unsere Welt kleiner, Herr Busch. Sie kann uns einengen.

Der Wagen ist ziemlich geräumig, erwiderte er. Es ist ein Mercedes 240D.

Dr. Hoffmann machte wieder sein pfeifendes Geräusch: Ach, sieh mal einer an! So einen fuhr ich, als meine Tochter klein war. Nun heiratet sie im Mai.

Er sagte: Das Auto fährt leider nicht mehr. Der Mengenteiler, der Keilriemen. Und außerdem sind die Achsen angeknackst. Das ist bestimmt eine größere Sache.

So etwas dachte ich mir schon, sagte Dr. Hoffmann.

# 4.

Manchmal ist die Zeit ein Flirren. Völlig tonlos. Es kommt von der Sonne, die knapp über dem Hausdach steht und durchs Autofenster in sein Gesicht scheint. Er versucht, das Flirren wegzuwischen, obwohl er weiß, dass das Wischen nichts bringt. Ein stechender Schmerz weckt ihn endgültig. Zur Abwechslung sticht es nicht im Rücken, sondern im Bauch. Sofort fallen ihm die zwei Schinken-Käse-Toasts ein, die er gestern bei Markus gegessen hat, einen mit Kaffee und einen mit kleinem Bier. Jetzt hat er es eilig. Frau Winkler, die gerade aus der Wohnung tritt, zieht erschrocken ihren Müllbeutel an sich. Er murmelt eine Entschuldigung und springt zwei Stufen auf einmal nehmend in den dritten Stock. Den Wohnungsschlüssel hält er bereits in der Hand.

Nach viel Kamillentee haben sich Magen und Darm ein wenig beruhigt, dafür hat er Kopfschmerzen und das Bedürfnis, sich gründlich zu waschen. Es ist heute so warm draußen, dass das Fenster im Bad beim Duschen kaum beschlägt. Während er sich abtrocknet, dreht er das Heißwasser voll auf. Er zeichnet drei Strichmännchen nebeneinander ans Fenster, das nun milchig beschlagen ist. Er malt den Dampfmännchen drei verschiedene Münder, die trotzdem alle ähnlich aussehen. Es muss an seinem Finger liegen. Mattis Finger hingegen sind dünn und spitz genug, um aussagekräftige Linien zu ziehen.

Danach sitzt er in der Küche, mit dem Telefon in der Hand. Guten Morgen, Busch hier, ich habe einen Termin, sagt er zur Assistentin von Dr. Hoffmann, deren Namen er sich leider nicht gemerkt hat.

Guten Morgen, Herr Busch, sagt sie. Der Doktor hat einen Notfall. Wann bekomme ich Ihre Versichertenkarte?

Er sagt, er würde seinen Sohn damit vorbeischicken, sobald er wieder da sei, Ende der Woche.

Sie sagt, der Doktor würde ihn anrufen, sobald er wieder da sei, im Laufe des Tages oder der Woche.

Es tutet in der Leitung, und er fragt sich, ob das etwas mit ihm zu tun hat und mit der kleinen Plastikkarte von der Krankenversicherung, an der ihr so viel liegt. Er kocht sich nochmals Tee. Die Mischung aus Leere und Unbehagen im Magen treibt ihn tief in die Küchenschränke hinein. Weit hinten entdeckt er eine abgelaufene Cola und eine angebrochene Packung Butterkekse. Die obersten Kekse sind mürbe vor Feuchtigkeit. Es war bisher ein trübes, regenreiches Frühjahr.

Wieso sollte das bloß die Menschen mürbe machen. Beim dritten Keks wird ihm ganz warm im Bauch, weil ihm eben eingefallen ist: Ostern ist vorüber, die Geschäfte haben offen. Wenn er es bis zu Markus ins Café-Bistro geschafft hat, schafft er auch die nächste Straßenecke bis zum Supermarkt. Sein Magen knurrt. Gleich darauf fröstelt es ihn. Er kann nicht weg. Er muss hier warten. Dr. Hoffmann wird anrufen. Er schaut auf die Küchenuhr: Viertel nach zehn. Er schaut auf das Telefon, ob der Akku genügend aufgeladen ist. Das Telefon legt er griffbereit auf den Küchentisch, der ihm heute furchtbar leer vorkommt.

Mattis Müslischale findet er frisch gewaschen im Geschirrspüler. Das Müsli steht im Regal. Die halb gefüllte Schale (ohne Milch, es gibt keine) stellt er an Mattis Platz, mit Löffel und einem Glas Wasser daneben. Matti trinkt nie etwas Warmes, außer Susanne zwingt ihn, weil er krank ist. Susannes Espressotasse ist ebenfalls im Geschirrspüler. Sie hat sie in einer Bar in La Spezia geklaut, auf ihrer ersten gemeinsamen Reise. Das Herz schlug ihm bis zum Hals und er flüsterte ihr zu, ob das wirklich nötig sei. Susanne lachte ihn aus. Der Barmann lachte mit.

Der Kaffee riecht leicht verbrannt, als er in der Espressokanne hochkocht. Er stellt die kleine Tasse an Susannes Essplatz und betrachtet das Ensemble. Es stimmt nicht. Susanne setzt sich morgens nie hin, um ihren Espresso zu trinken. Genau genommen setzt sie sich morgens überhaupt nicht. Er probiert es mit der Tasse neben dem Herd, wo sie gar nicht hinpasst, und im Bad, wo die zu volle Tasse einen braunen Ring auf der weißen Keramikablage hinterlässt. Schließlich geht er zur Kommode neben dem Garderobenspiegel, wo sich Susanne in der Früh die Lippen schminkt, bevor sie ins Büro fährt. Aus dem großen Spiegel schaut ihn ein Mann mit Augenringen und einer lächerlich kleinen Tasse in der Hand an.

Dr. Hoffmann empfahl ihm beim letzten Gespräch, endlich zu entspannen. Er solle spazieren gehen, am besten in den Wald, denn im Wald habe man ein 40 Prozent höheres Erholungspotenzial.

Er mag den Wald, denn der Wald gewöhnt einen an verstellte Sichten. Sobald er wieder spazieren gehe, versicherte er Dr. Hoffmann, würde er in den nächsten dichten Wald gehen.

Ausblick und Weite werden ohnehin überschätzt und taugen höchstens als Abwechslung, sagte Dr. Hoffmann. Selbst wenn Sie keine Probleme mit der Enge im Auto haben, lieber Herr Busch, sollten Sie den Stillstand nach und nach aufweichen. Schritt für Schritt. Kommen Sie wieder in Bewegung. Energie kommt nun mal von Energie.

Er kontrolliert das Display des Telefons. Mehr als genug Energie, der Akku ist fast voll. Sein Magen knurrt wild und verzweifelt. Er stellt sich vor, wie der Psychiater gerade vor einem mindestens fünfstöckigen Haus steht, den Kopf zurückgelegt, und versucht, vermittelnd und positiv auszusehen. Oben an der Kante des Flachdachs steht ein Verzweifelter, hin- und hergerissen zwischen dem Abgrund, dessen verlockende Leere nun von Dr. Hoffmann verstellt wird, und der Treppe, die ihn heil hinunterführen würde ins Dasein. Unten steht Dr. Hoffmann, hin- und hergerissen zwischen dem Wunsch, die Treppen hochzurennen zur Rettung, und der Versuchung, von unten hinaufzubrüllen, dass er Besseres zu tun habe, als hier zu stehen und zu warten, ob einer springt oder nicht, und dass deswegen sein ganzer Terminkalender durcheinanderkomme und andere Klienten das Nachsehen hätten. Wahrscheinlich erzählt Dr. Hoffmann stattdessen etwas von Impulskontrolle, von emotionalem Stress und einem Ausweg, von der Schönheit der Welt und der Einmaligkeit des Lebens. Oder so.

Schlussendlich stellt er die kleine Tasse mit dem Kaffee auf die Schlüsselablage im Flur. Das scheint ihm flüchtig genug für einen Espresso. Vielleicht müsste man dem Menschen auf dem Dach nur sagen, wie flüchtig er sei im gewaltigen Gefüge von Erde und Kosmos, und der Mann oder die Frau würde die Treppen kopfschüttelnd über sich selbst wieder herabsteigen.

Am Küchentisch trinkt er in kleinen Schlucken die alte Cola ohne Kohlensäure. Mattis Müslischale leistet ihm Gesellschaft. Schade, denkt er, das Beste an Cola ist das Rülpsen hinterher. Matti hat darin eine gewisse Meisterschaft entwickelt. Bestimmt handelt es sich um eine Naturbegabung. Übung kann es keine sein. Limonade gehört zur Kategorie Zuckerzeug. Susanne überwacht ihren Konsum streng.

Er schaut auf die Uhr: nach elf. In seinem Magen gluckern 0,5 Liter Coca-Cola und drei Tassen Kamillentee. Da würde jeder seekrank. Das Telefon nimmt er zur Sicherheit mit aufs Klo.

Er könnte Dr. Hoffmann zum Beispiel erzählen, dass er Ostern auferstanden sei. Er hat seine Autohöhle, ja, sogar den Hof verlassen, die Leiden der letzten Wochen vergessen, die Wunden geleckt. Bis über die Straße ins Café-Bistro hat er es immerhin geschafft. Ein anderer Himmel war fürs Erste nicht zugänglich.

Sein Magen knurrt. Er schaut auf die Uhr: halb zwölf. Er wird gleich in den Supermarkt gehen. Ein wenig wird er noch auf Dr. Hoffmanns Anruf warten. Auf einen Notizzettel schreibt er: „Äpfel" (für sich) und „Leberwurst" (für die Katze). Mehr fällt ihm im Moment nicht ein.

Leerer Magen, leerer Kopf, hätte seine Großmutter gesagt und ihm einen Zwieback zugesteckt wie früher beim Hausaufgabenmachen. Der Lehrer beschwerte sich über die Krümel im Heft, schleckte seinen Finger ab, tupfte die Krümel damit auf und steckte sie sich in den Mund. Nach der Schule riss er die Seite aus dem Heft und aß nie wieder einen Zwieback zu den Hausaufgaben.

„Zwieback" schreibt er auf seinen Einkaufszettel. Ameisen mögen den sicher.

Er müsse wohl oder übel einkaufen gehen, sagte er zu Susanne, als sie an Ostern telefonierten.

Unbedingt! Das sei doch was, ein Fortschritt fast!, rief Susanne und pfiff durch die Zähne.

Er überlegt, ob dieses Pfeifen ironisch oder anerkennend gemeint war. Er entscheidet sich für das zweite. Es war angeblich Mattis Idee, den Kühlschrank leerzuräumen. Susanne fand sie gut. Eine Erziehungsmaßnahme, fordern und fördern. Alles kommt zurück. Er beneidet die rot getigerte Katze, die tut, was sie will und sich seit Tagen nicht mehr blicken lässt.

Also, ich kann meistens von mir behaupten, dass ich wunschlos glücklich bin, sagte sein Großvater.

Seine Großmutter schwieg zuerst, dann sagte sie: Da beneide ich dich gar nicht drum.

Er schaut auf die Uhr. bald zwölf. Wenn der Notfall keiner mehr ist, macht der Psychiater jetzt Mittag. „Milch" (für das Müsli), „Brot" (für die Leberwurst),

„Bananen“ (für die Energie) schreibt er außerdem zur Einkaufsliste und steht auf. Er riecht am kalten Espresso auf der Schlüsselablage am Eingang und verlässt leise die Wohnung, obwohl keiner da ist, den er stören könnte. Draußen hat der Frisör den Biomüll schon nach hinten in die Tonnenreihe gerollt. Er stellt sich unter das offene Frisörfenster. Haarlack und ein scharfer Geruch nach Färbemitteln vertreiben das feine Espressoaroma aus seiner Nase. Sein Magen knurrt.

Zuletzt waren es 53 Schritte von der Hausecke quer über den Gehsteig und die Fahrbahn bis zum Café-Bistro. Er schätzt die Distanz von dort bis zum Supermarkt nochmals auf ungefähr 50 Schritte. Den Stillstand wird er damit nicht nur aufweichen, sondern aufbrechen. Schritt für Schritt. Das ist vermutlich mehr, als Dr. Hoffmann von ihm erwartet. Aber wenn Matti das nächste Mal seine Und-Frage stellt, hat er seinem Sohn etwas zu erzählen. Energie kommt nun mal von Energie.

Heute sind es 56 Schritte von der Hausecke bis zu dem Lokal. Irgendwo muss er einen Schlenker gemacht haben. Oder er hat im falschen Winkel die Straße überquert. Oder seine Schritte sind heute kürzer, zaghafter. Im Café-Bistro brennt kein Licht. Dienstag ist Ruhetag. Zählen beruhigt. Er geht zügig weiter. Es sind genau 98 Schritte bis zur Rampe des Supermarkts. Das Zählen beruhigt offenbar nicht genug. Das Herz schlägt ihm bis zum Hals, obwohl er nicht vorhat, in dem Geschäft etwas zu stehlen. Er zieht einen Einkaufswagen aus der Wagenschlange. Sein Schild für den Weg durch die weitläufigen Gänge. Gleich hinter dem Eingang sieht er das Obst. Das stimmt ihn zuversichtlich. Vor den täglichen Äpfeln bleibt er stehen. Es gibt mehrere Sorten. Er wählt eine mit grün-roter Schale. Auf der Packung sucht er nach ihrem Namen.

Die sind aus Neuseeland, sagt ein Mann beim Vorbeigehen, muss man nicht kaufen, gibt noch deutsche Äpfel.

Er legt die Packung mit den Äpfeln hin und nimmt eine andere Sorte. Aus Chile, liest er. Der Mann kommt zurück. Er legt die zweite Packung Äpfel schnell wieder an ihren Platz.

Der Mann fixiert ihn aus hellen Augen, in denen sich das Grün seiner Jacke spiegelt: Du bist es! Busch, tatsächlich!

Der Mann kommt ihm ebenfalls bekannt vor. Allerdings wirkt er zu braun und zu hager. Günter?, versucht er.

Gregor, sagt der andere.

Er entschuldigt sich, der andere winkt ab: Günter passe nicht mehr zu ihm, da habe er sich Gregor ausgesucht. Das sei doch ein schöner Name. Und diese Äpfel könne er jedem empfehlen.

Günter drückt ihm eine Packung Bioäpfel aus dem Alten Land in die Hand: Susanne macht ja so tolle Arbeit für uns, großartige Grafikerin. Du musst unbedingt mal mit ihr ins Yogastudio kommen. Ein bisschen entspannen, das wird dir guttun. Susanne meinte, dass du gerade viel um die Ohren hast. Das sieht man dir an.

Ein bisschen Magenverstimmung, sagt er ausweichend.

Günter tippt auf die Äpfel in seiner Hand: Die musst du reiben, falls du's mit dem Magen hast. Und wenn die neue Werbekampagne fertig ist, koche ich für uns. Ayurvedisch, das macht glücklich. Auch den Magen. Ich habe tolle Rezepte aus Indien mitgebracht.

Genug Zucker macht ebenfalls glücklich, beschließt er, als er seine Einkäufe bezahlt: Bioäpfel aus dem Alten Land, eine große Flasche Coca-Cola, eine Doppelpackung Butterkekse. Cola und Kekse gab es direkt vor der Kasse. Günter stand im Weg zu den anderen Gängen. Er wollte seinem ehemaligen Klassenkameraden nicht ein weiteres Mal begegnen. Den Einkaufszettel wirft er vor dem Supermarkt in einen Mülleimer.

Im September saß er am See auf einem großen Stein. Es war spät und die Sonne stand niedrig. Vom Wasser her schlichen Nebelschwaden, vom anderen Ufer her hatte das orange Licht einen Teppich über den See bis vor seine Füße ausgelegt. Nichts stand im Weg. Er nahm die Einladung an und machte einen Schritt und noch einen. Schritt für Schritt, bis der orange Teppich mit ihm ins Wasser sackte.

Musste das sein? Die guten Lederschuhe, sagte Susanne und warf sie in den Müll.

Es hat sich gelohnt, sagte er. Ich war im Licht.

Am Abend kommt die rot getigerte Katze endlich wieder. Sie stellt die Vorderbeine auf den Beifahrersitz und miaut. Er hält ihr einen überlagerten Apfel aus dem Alten Land hin. Sie miaut. Er hält ihr einen Butterkeks hin. Sie schnuppert kurz daran und springt mit erhobenem Schwanz davon. Da sieht er es: Es ist ein Kater, eindeutig.

Du heikles Ding, du!, ruft er ihm nach.

# 5.

Nachts lief er durch eine große Halle. Anfang und Ende waren nicht auszumachen. Mit und gegen ihn liefen unzählige andere, die ihm die Sicht verstellten. Leute rempelten ihn an und zischten Unfreundliches. Hinter ihm ratterte sein Rollkoffer. Er umklammerte den Griff fester. Er hatte das Gefühl, zu spät zu sein. Er lief schneller, der Koffer wurde leichter und leichter. Als er sich umdrehte, rollte das leere Gestänge hinter ihm her. Der Koffer war verschwunden. Er wollte den Griff loslassen, es ging nicht.

Eine Frau zupfte ihn am Ärmel und meinte, der Zug sei weg. Er solle auf den nächsten warten.

Er war völlig außer Atem, sonst hätte er die Frau angeschrien, dass das keine Lappalie sei, seinen Zug zu verpassen. Er stammelte: Man kann doch nicht einfach den nächsten nehmen. Wer weiß, wohin der fährt.

Sie sagte überzeugt: Alle fahren dorthin.

Er traute sich nicht zu fragen, wo „dorthin" war. Als er überlegte, wohin er wollte, fiel es ihm nicht mehr ein. Er hatte es vergessen oder er hatte es nie gewusst.

Und ohne den Koffer könnte er sowieso nirgendwohin fahren.

Der Morgen ist trüb, aber trocken. Bei Lichtes bleiben die Fenster geschlossen, die Gardinen zugezogen. Die Ameisen am Garagentor von Winklers arbeiten so fleißig wie sonst. Er hat das Ohr ans Garagentor gedrückt. Die Ameisen machen kaum wahrnehmbare Geräusche, obwohl sehr viele unterwegs sind. Und seine Ohren sind gut. Es klingt wie ein entferntes, leises Schaben. Wenn er das Ohr vom Tor nimmt, ist es weg. Seit er die meiste Zeit im Auto verbringt, hört er die Stille nicht nur, er spürt sie auch. Gerade ist es unheimlich still. Sein Hintern fängt wieder an zu surren.

Er vermisst Mattis Morgengruß, seine Dampfmännchen und den Wetterbericht. Er vermisst Susannes schmale Gestalt, die sich um halb sieben in der Früh an ihm vorbeidrückt (meist, ohne in seine Richtung zu schauen), um im Stadtpark laufen zu gehen. Er vermisst sogar Frau Winkler, die immer laut auf ihre Tochter einredet, wenn sie gemeinsam den Hof durchqueren. Frau Lichte sah er seit ihrem Kirchgang nicht mehr. Herr Lichte darf oder will nicht hinaus. So ohne Orientierung könnte man in der Tat schnell verloren gehen, selbst in einer kleinen Stadt wie dieser.

Nichts geht über Straßenpläne, denkt er. Gedruckt, nicht digital. Auf den kleinen Navigationsgeräten im

Auto hatte er nämlich keinen Überblick. Ohne Überblick hatte er keine Orientierung. Und ohne Orientierung konnte einem schon mal anders werden. Wie auf Autobahnen, wenn er das Gefühl hatte, seine Richtung sei die falsche, und es kein Entkommen gab. Man konnte ja nicht einfach umdrehen. Genauso wenig wie man einfach den nächsten Zug nehmen kann.

Denken Sie stets daran, dass Angst durchaus gesund sein kann und eine wichtige Funktion hat, sagte Dr. Hoffmann. Die Angst warnt uns und bewahrt uns damit vor Gefahren. Probieren Sie also, sich nicht zu verkrampfen am Steuer, atmen Sie tief durch, und fragen Sie sich: Lauert hier wirklich eine Gefahr?

Er sagte: An der Landstraße zwischen Ludwigsburg und Heilbronn fallen im Herbst Goldtaler von den Linden. Da halte er die Luft an vor Schönheit und schließe die Augen. Das sei bestimmt gefährlich. Vielleicht seien es ja Ulmen oder Pappeln und gar keine Linden. Mit Bäumen kenne er sich nicht so gut aus. Seine Frau würde das besser wissen.

Er streckt sich vom Rücksitz in den leeren Raum, den der ausgebaute Fahrersitz hinterlassen hat, er beugt sich vor bis zum Lenkrad. Er wippt, er versucht, den Rücken dabei zu dehnen, und danach abwechselnd die Arme, die Oberschenkelrückseiten, die Waden. Die Fingerknöchel auf dem Lenkrad werden bleich, weil zu viel Gewicht darauf liegt und zu wenig Blut darin fließt. Früher wurden die Knöchel der Hand weiß, weil er das Lenkrad zu fest hielt.

Er glaubt, Susanne hätte ihm erzählen sollen, dass sie an einem Auftrag für Günter arbeitet, der sich jetzt Gregor nennt. Dass sie neuerdings neben dem Laufen zudem Yoga macht, findet er nicht so bedenklich. Er glaubt, dass auch er mehr mit Susanne reden sollte. Zurzeit weiß er nur nicht, worüber. Er glaubt außerdem, dass Äpfel glatt und prall sein sollten und knacken, wenn man hineinbeißt. Diesbezüglich gibt es für tägliche Äpfel keine Ausnahmen, selbst wenn sie im Alten Land bei Hamburg rot und reif geworden sind und nicht auf der anderen Erdhalbkugel. Er glaubt an die ehrliche Blässe nach einem sonnenlosen mitteleuropäischen Winter und daran, dass eine Thrombose ernsthaft gefährlich werden kann.

Krämpfe können ein Vorzeichen von Thrombosen sein, sagte Markus. Und dass er sich auskenne mit Körpern und Verspannungen. Markus zeigte auf einen seiner kräftigen Oberarme. Er sei lang genug Masseur gewesen, bevor er Berlin für Gitti und das Café-Bistro verlassen habe.

Er steigt aus dem Wagen und macht vorbeugend ein paar Kniebeugen. Seine Knie knarren. Er läuft zweimal zügig durch den Hof, geht in die Hocke, richtet sich auf, geht in die Hocke (jeder muss sich mal die Beine vertreten) und zerkrümelt einen Butterkeks für die Ameisen.

Zu viel Zucker und die Rumsitzerei, das sei eine gefährliche Kombination, sagte Markus ebenfalls, das könne Probleme geben. Nicht nur mit der Durchblutung. Es sei dann eine Frage der Zeit bis zum gesundheitlichen Abstieg. Schneller als man denke, sei man ein Wrack, ab einem gewissen Alter sowieso. Da gehe es den Menschen nicht anders als den Autos. Wer rastet, der rostet. Warum sitzt du eigentlich die ganze Zeit im Auto?, fragte Markus.

Keiner hatte ihn das bislang so geradeheraus gefragt. Nach einer Weile sagte er: Ich komme an und ich nehme Abschied.

Nach 547.000 Kilometern hatte er festgestellt, dass ihm Autos nicht geheuer sind. Es könnte allerdings sein, dass das Auto bloß die Spitze des Eisbergs ist. Vor Eisbergen hat er großen Respekt, obwohl er noch nie in die Nähe eines solchen Giganten kam. Wenn er Markus glaubt, muss man das auch gar nicht, um irgendwann ein Wrack zu werden und unterzugehen. Schneller als man denkt.

Markus bot an, ihm den Mercedes abzukaufen, sobald er fertig sei mit dem Abschiednehmen. Sein anderer bester Freund sei Automechaniker mit Leib und Seele und würde daraus einen flotten Oldtimer machen. In einer Woche. Hundertpro.

Bereits auf der Rampe des Supermarkts bereut er die 99 Schritte, mit denen er schon wieder gegen Regel 2 (alle Eigenbewegung auf das Nötige und Wichtige reduzieren) verstößt. Aber jeder muss essen. Und Zucker macht genauso wenig glücklich wie überlagerte oder schrumpelige tägliche Äpfel. Durch die Glastür, die sich einladend vor ihm öffnet, sieht er, dass heute keine Einkaufswagen da sind. Er muss also ohne Schild und Deckung durch die Gänge laufen. Er beschleunigt die Schritte. In der Obstabteilung nimmt er im Vorbeigehen eine Packung Äpfel mit roten Backen aus einer Holzkiste. An der Wursttheke muss er warten. Die Verkäuferin hinter der Theke trägt Nasenring und eine Tätowierung am Unterarm. Vor ihm stehen zwei Männer in Bauarbeiterkluft.

Zwei mal zwei Leberkässemmeln mit Gurken, sagt ein Bauarbeiter, extra eingepackt.

Was für eine Sauerei, saure Gurke zum Leberkäse, sagt der andere Bauarbeiter. Für mich ohne, bitte.

Als er an der Reihe ist, sagt er: Zwei ohne, bitte.

Die Verkäuferin blickt ihn abwartend an. Zwei was ohne was?, fragt sie dann.

In der Haushaltswarenabteilung sucht er Pappteller und Post-its. Er hätte gern einen Orientierungsplan für den Supermarkt. Gedruckt oder digital. Ein alter Mann im grauen Mantel fragt ihn nach Grabkerzen, den roten. Gemeinsam gehen sie den Gang entlang, vorbei an Waschmitteln, Seife, Klopapier, Taschentüchern. Der

Mann folgt ihm zuversichtlich. Im nächsten Gang gibt es Besen, Pappgeschirr und Energiesparlampen. Der alte Herr mustert ihn jetzt argwöhnisch. Er überlegt, ob es irgendeinen Sinn hätte zu sagen: Ich arbeite gar nicht hier. Aber Grabkerzen können nicht so schwer zu finden sein. Sie versuchen es im nächsten Gang. Die Kerzen stehen unten im Weinregal. Erst als er sich danach bückt, sieht er, dass der alte Mann Hausschlappen über dicken Socken trägt. Der Mann reißt ihm ungeduldig die Kerzen aus der Hand und schlurft zur Kasse.

Hätte sich der Mann im Supermarkt nochmals umgedreht, hätte er ihn wohl sofort erkannt. So trifft er Herrn Lichte ein paar Minuten später im Treppenhaus wieder. Dort steht der alte Mann mit nur einem Schlappen an den Füßen vor seiner Wohnungstür und scheint zu zögern, ob er klingeln soll oder nicht. Er drückt für seinen Nachbarn den Messingknopf. Der Klingelton der Lichtes ist ein melodisches Ding-Dong-Ding. Herr Lichte schwingt im Takt der Türglocke mit. Er hält die Viererpackung Friedhofskerzen so fest, dass die Knöchel der Hand weiß werden.

Die sind für dich, meine Liebe, sagt Herr Lichte, als seine Frau öffnet. Er überreicht ihr die Kerzen wie ein Bouquet.

Oh, mein Gott!, sagt Frau Lichte.

Die Tür schließt sich hinter den beiden, und er hat Mitleid mit Gott, der nichts dafürkann. Er hat auch

Mitleid mit dem Kater, weil er Leberwurst für ihn kaufen wollte und keinen Leberkäse. Vor allem deswegen (und wegen der Thrombosegefahr beim ständigen Herumsitzen) ging er in den Supermarkt. Den zweiten Schlappen von Herrn Lichte lehnt er an den Türstock. Er lag draußen im Hof zwischen den beiden Autos, die sich nicht mehr vom Fleck rühren. Sie haben beide keinen Fahrer mehr, neben anderen Zipperlein.

Wenn ich lange auf der Autobahn unterwegs bin, verwachse ich mit dem Wagen, sagte Bentheimer. Du musst dich einlassen auf das Auto und auf die Geschwindigkeit, ach, was sag ich, so richtig eins werden mit ihr und mit dem Auto musst du. Das ist wie beim Sex.

Er sagte: Autorgasmus.

Meine Güte, bist du verkrampft, sagte Bentheimer.

Monate später saß er bei der brunetten Buchhändlerin in der Münchner Vorstadt und trank grünen Tee. Sie interessierte sich für Dachgärten, Permakultur, Buchbinderei und japanische Tees. Er holte die Musterbücher aus dem neuen Kunststoff-Rollkoffer, den Susanne ihm geschenkt hatte. In der Buchhandlung gab es rein gar nichts aus Plastik außer seinem Koffer. Er glaubte, die Buchhändlerin schiele aus den Augenwinkeln drauf. Das sei die Alternative zu viel zu dünnem Blech bei viel zu hoher Geschwindigkeit, sagte er entschuldigend und räusperte sich. Der Koffer passe gut durch die schmalen Gänge im Zug.

Sie müsse sich entschuldigen, meinte die Buchhändlerin, der Tee sei leider wieder bitter geworden.

Das mache nichts, Hauptsache etwas Warmes, meinte er und schnäuzte sich die Nase. Seit er mit dem Zug unterwegs war, war er ständig erkältet.

Die Buchhändlerin zeigte auf das Teebuch. Sie haben es bestimmt schon gelesen, sagte sie, und wissen daher, dass grüner Tee Ihr Immunsystem stärkt. Er ist gut für den Blutdruck und kann sogar Muskelverspannungen lösen.

Eine Leberkässemmel hat er ohne die obere Semmelhälfte auf den Kofferraum gelegt, damit sich der Duft der Fleischmasse in der Nachbarschaft verbreiten kann. Dabei weiß er gar nicht, ob Katzen gute Riecher sind. Wenn er ehrlich ist, weiß er noch weniger über Katzen als über Ameisen. Außer dass so ein Katzenfell prima die Beine wärmt und dass Susanne allergisch darauf reagiert. Susanne ist gegen vieles allergisch. Auch gegen Leberkäse. Er schluckt den letzten Bissen von der zweiten Semmel.

Und jetzt kommst du nicht, das ist typisch, sagt er zum abwesenden Kater. Jetzt lässt du dich nicht blicken. Vielleicht weißt du ja doch nicht so genau, was du willst. Vielleicht werden Katzen überschätzt. Wie die Weite und die Aussicht.

Mit dem Operngucker sucht er die Dächer der Garagen nach einem rot leuchtenden Stück Fell ab. Er schaut über das türkise Meer des benachbarten Autodachs und durch den Hof, bis rechts ein Sprung durch Frau Lichte geht.

Sie steht vor ihm, einen Teller in der Hand, und fragt, was er denn diesmal suche.

Eine rot getigerte Katze, sagt er.

Sind die roten Tiger nicht immer Kater?, fragt Frau Lichte und stellt den Suppenteller mit einer Art Eintopf auf sein Autodach. Der Teller hat einen Goldrand und Blümchenmuster, der Eintopf dampft. Sie habe sich gar nicht bedankt vorhin, meint Frau Lichte, dass er ihren Mann heimgebracht habe. Und den Hausschuh. Und da habe sie gedacht, sie bringe ihm von dem Beuschel, das ihr Mann so gern möge. Er habe sich gerade hingelegt, nach dieser Aufregung.

Aber ich –, beginnt er, um aufzuklären, dass er niemanden heimgebracht habe.

Was für ein Glück, unterbricht ihn Frau Lichte, dass Sie so viel hier zu tun haben mit Ihrem Wagen, Herr Busch. Da haben Sie den Hof und die Haustür ja gut im Blick. Der Sicherheitsriegel an unserer Tür ist leider kaputt. Ich muss mir etwas einfallen lassen.

Im August stand er auf dem Parkplatz einer Raststätte. Sein neuer VW-Kombi ließ ihn nicht mehr hinein. Die

Zentralverriegelung ignorierte den Funk. Und da ihm im Moment nichts dazu einfiel, setzte er sich im Schatten des Autos auf den Randstein und trank Cappuccino aus einem Pappbecher. Er verbrannte sich die Zunge. Die Sonne flirrte auf den Autodächern. Das Hemd klebte an seinem Rücken. Er drehte eine Runde um den Kombi. Als er am Kofferraum vorbeikam, piepte der Funkschlüssel. Er stellte den Kaffee hinter dem Auto ab. Über schachtelweise Bücher kletterte er vom Heck vor auf den Fahrersitz. Beim Zurücksetzen knackte der Pappbecher unter dem Hinterrad wie die Knochen eines sehr kleinen Tieres.

Kurz vor Weihnachten hatte ihm der Vertriebsleiter nahegelegt, wieder vom Zug auf das Auto umzusteigen. Er komme ständig zu spät, die Kunden würden sich beschweren. Außerdem würde er sich das Kreuz kaputtmachen mit der Bücherschlepperei. Schauen Sie sich nur mal an, sagte der Vertriebsleiter.

Er schaute, ob er sich und seinen offensichtlich krummen Rücken in den spiegelnden Fensterscheiben des Verlagsbüros erkennen konnte. Draußen war es fast dunkel, drinnen brannte zu wenig Licht. Deshalb erkannte er sich nicht.

Ist das wirklich so schlimm mit den ICEs und der Verspätung?, wollte der Vertriebsleiter wissen.

Er berichtete wahrheitsgemäß, dass er eher selten mit einem ICE fuhr. Meistens nahm er Regionalzüge.

Regionalzüge?, fragte der Vertriebsleiter irritiert. Wieso gehen Sie nicht gleich zu Fuß? Wie lange sind Sie mittlerweile bei uns, Herr Busch?

Er hätte jetzt sagen können: Länger als Sie. Oder: So lange, dass ich in Summe ein gutes Geschäft war. Oder: Der ICE fährt nicht zu jedem Buchhändler. Oder: Der ICE fährt mir zu schnell, deshalb nehme ich langsamere Züge. Er sagte stattdessen: Zehn Jahre, drei Monate und elf Tage.

Der Vertriebsleiter rückte seine Brille zurecht und riet ihm, sich mit dem Kollegen Bentheimer zusammenzusetzen, um eine Strategie auszuarbeiten. Win-win. Ein Gewinn für den Verlag und für den Handel und für ihn natürlich auch. Der Vertriebsleiter wusste wahrscheinlich nicht, dass das gotische Wort „gawinnan“ früher leiden und sich quälen bedeutete. Bevor er dazu kam, es ihm mitzuteilen, stand sein Vorgesetzter auf.

# 6.

Später sitzt er auf dem Beifahrerplatz und versucht, die Löcher im Himmel über sich zu zählen. Mit den neuen Post-its aus dem Supermarkt hat er acht Felder am perforierten Kunstleder markiert, mit dem das Autodach innen bespannt ist. Ohne diese Felder geht es nicht, denn nach kürzester Zeit beginnen die kleinen Löcher im cremefarbenen Autohimmel vor seinen Augen zu tanzen. Die Augen müssen sich zwischendurch auf einer ruhigen Fläche (dem nächsten Klebezettel) festsehen und entspannen, bevor er weiterzählen kann. Früher hatten seine Augen selten etwas, um sich daran festzusehen. Da fuhr er noch Auto, und draußen rauschte das Leben vorbei.

Autofahren macht blind, beschwerte er sich bei Susanne.

Sie fragte, was er überhaupt sehen wolle.

Er sagte: Das Glitzern im Auge des Bussards, der auf dem Pfahl an der Straße sitzt. Im Winter sitzt auf jedem dritten Pfahl einer und wartet auf ein Opfer.

Susanne fand, er übertreibe wieder einmal.

Keiner wartet auf dich, überleg dir das mit dem Zug, sagte Bentheimer. Du bist doch Vertreter mit Leib und Seele. Ich mein's ja nur gut.

Manchmal mochte er Bentheimer.

Zum zehnjährigen Dienstjubiläum hatten ihm die Kollegen einen Bildband geschenkt: „Deutschland von oben". Es sei schon wunderschön, dieses Land, der Band werde ihm gefallen, meinte Bentheimer, und dass sie als Straßenmenschen diese tollen Perspektiven halt nicht hätten.

Der Sektkorken knallte knapp neben die Neonröhre an der Bürodecke und hinterließ eine dunkle Kerbe. Er blätterte durch den Fotoband. Aus der Vogelperspektive schlugen die Straßen helle Kerben in die fade grüne und braune Landschaft. Je größer die Entfernung desto klarer erkannte er es: Das waren gar keine Kerben, das war ein Netz, das enger und enger gezogen wurde. Er stieß mit den Kollegen an, der billige Sekt wollte sich nicht schlucken lassen. Irgendetwas zog ihm die Kehle zu.

Der Januar hatte kurz Mitleid und deckte das kreuz und quer vernarbte und vernetzte Land einige Tage lang zu. Es schneite mancherorts so viel, dass die Schneepflüge nicht hinterherkamen und die Leute aufhörten zu schippen. Vom Zug aus sah er die Stiele der Schneeschaufeln müde an den Häusern lehnen. Die Schaufeln waren unten längst eingeschneit. Und kein Fußstapfen störte die Reinheit der Schneegärten. Jetzt müsste der Zug stehen bleiben, dachte er, stecken bleiben in einer Schneewehe, in der es kein Weiterkommen gab, und alles würde im Weiß versinken. Er, der Zug, die Welt, die Zeit.

Haben wir es nicht behaglich hier drin?, fragte die Frau, die ihm gegenübersaß.

Er sagte: In der Behaglichkeit kann ich genauso schlecht denken wie in der strahlenden Sonne. Meine Frau übrigens auch. Deshalb passen wir ganz gut zusammen.

Die Frau ihm gegenüber suchte draußen vor dem Fenster nach etwas, woran sich das Auge festhalten konnte. Sie fand nichts außer unnahbarem, abweisendem Weiß. Die Frau senkte den Blick auf eine Zeitschrift, die sie mit rot lackierten Fingernägeln umblätterte.

Susanne trägt nie farbigen Nagellack. Mit dem Lack splittert das Selbstvertrauen, behauptet sie, und der Lack platze nun mal ab, wenn man die Hände nicht in den Schoß lege. Susanne legt die Hände nie in den Schoß. Zumindest nicht, seit er sie kennt.

Das Feld über dem Beifahrersitz hat exakt 300 Löcher. Eine unwahrscheinliche Geradheit. Zum Vergleich will er die Löcher im Feld dahinter zählen. Weil sein Nacken schmerzt vom vielen Hochschauen und weil das bestimmt nicht gut für die Durchblutung ist, legt er sich zum Zählen auf die Rückbank. Ein Auge kneift er zu und zielt mit einem Bleistift auf die Löcher. Auf eines nach dem anderen, und dabei muss er eingeschlafen sein.

Manchmal ist die Zeit ein Kratzen. Es ist genau über ihm. Dann klirrt es. Das Klirren kommt von Frau Lichtes Blümchenteller. Das weiß er, bevor er die Augen vollständig geöffnet hat. Denn das Klirren von fremdem Porzellan dringt in jeden Schlaf. Als er die Augen aufmacht, springt ein Schatten mit kurzen Beinchen dem Teller hinterher vom Autodach.

Scheiße!, schreit eine fremde Stimme. Was ist das für eine Scheiße? Aus, hab ich gesagt!

Neben dem Mercedes steht eine junge Frau im Parka. Sie reißt einen kleinen Mischling vom Boden. Mit dem Halstuch, das er statt eines Halsbands trägt, wischt sie dem Hund das Maul. Die junge Frau sieht ihn nicht im Auto sitzen. Er fährt sich mit den Fingern durchs Haar und steigt langsam aus, um sie nicht zu erschrecken. Die Frau starrt angewidert auf die Scherben und das bisschen Beuschel, das der Hund übrig gelassen hat.

Er sagt: Das ist nicht schlimm.

Sie tritt einen Schritt zurück: Du Arschloch! Legst du Penner hier vergiftete Köder aus?

Die junge Frau hat eisblaue Augen wie das scheue Kaninchen, das er zum zehnten Geburtstag bekommen hatte. Er taufte es Brutus, damit es mehr Selbstvertrauen entwickelte. Er könnte zugeben, dass er durchaus an einen Köder für den treulosen Kater gedacht hat, als er den Teller mit dem Beuschel auf dem Autodach stehen ließ. Der Leberkäse auf dem Kofferraum interessierte den Kater wohl nicht. Er gibt im Moment aber nur das Nötigste zu, nämlich, dass es sich um ein Beuschel handle, um nichts Giftiges also.

Was?, fragt die junge Frau.

Er sagt: Lunge mit Lorbeer und Essig.

Sie sagt: Boa, ich kotz gleich, wischt dem Hund nochmals die Schnauze und dreht sich um. Als sie an der Gelben Tonne vorbeigeht, hebt sie den Deckel und mustert den Inhalt. Vorne an der Hausecke zieht sie eine Leberkässemmel ohne obere Semmelhälfte aus der Parkatasche und beißt hinein. Der Hund schnappt nach der Semmelhand, die Frau lässt den Mischling auf den Gehsteig fallen und isst weiter.

Der leere Pappteller liegt hinter dem Auto. Ein paar Ameisen transportieren die Brotkrümel ab. Er wartet geduldig, bis sie fertig sind. Mit dem Pappteller und der größten Blümchenscherbe schaufelt er die Beuschelreste auf. Der Igel fällt ihm ein, der eines Nachts plötzlich im Scheinwerferkegel auftauchte. Er erinnert sich an das Knacken der kleinen Knochen, das er im Auto bei laufendem Motor gar nicht hören konnte. Ihm wurde trotzdem schlecht.

Oben in der Wohnung blinkt der Anrufbeantworter. Er denkt: Matti! Er denkt nicht: Susanne!

Sie haben eine neue Nachricht, sagt die Computerstimme.

Herr Busch? Hoffmann hier, sagt Dr. Hoffmann vom digitalen Speicher. Ich habe keine Mobilnummer von Ihnen. Geben Sie die bitte mal Frau Springer, meiner Assistentin. Ich fahre nachher in den Harz. Habe ich bestimmt schon gesagt: Wald wirkt Wunder. Sie erreichen mich erst nächste Woche wieder. Machen Sie bitte einen neuen Termin aus. Alles Gute und denken Sie daran: Schritt für Schritt. Sie entscheiden.

Biep.

Autohimmel und Kommunikation sind Gewebe um viele Löcher herum, denkt er. Die Löcher halten das Gewebe zusammen und in Form. Auch Löcher verleihen Struktur, das ist nicht zu leugnen. Vielleicht verleihen sie sogar einem Leben Struktur. Womöglich sogar seinem Leben. Er findet, das ist ein tröstlicher Gedanke. Ja, er sollte tatsachlich anfangen, über all die Löcher nachzudenken, sie zu respektieren und zu sortieren.

Regel 5: *Die Löcher schätzen lernen.*

In der Küche schaut er die Tellerstapel auf den Regalen durch. Susanne kauft auf dem Flohmarkt oft Einzelstücke, in der Hoffnung, bald auf ähnlich einsame Teller zu stoßen. Sie halte so einsame Stücke Geschirr eben nicht aus, meint sie. Aber sie findet selten Teller oder Tassen, die dazu passen. Und wegen Matti werden die Einzelstücke nie verwendet. Denn Matti sagt zu Susanne: Eine Familie isst von gleichen Tellern. Ich will den gleichen wie ihr. Und du sollst den gleichen haben wie Paps. Sonst sind wir keine Familie.

In Mattis Sinn ist es eine begrüßenswerte familiäre Tat, nun ein Einzelstück auszusortieren, um es Frau Lichte zu geben. Weit unten im Stapel ist ein Blümchenteller. Die Zeit und die Geschirrspüler haben den Goldrand verblassen lassen, sonst sieht das Muster jenem auf der Tellerscherbe, die er zum Vergleich mitgenommen hat, zum Verwechseln ähnlich.

Finden Sie die goldene Mitte, sagte der Vertriebsleiter bei der Weihnachtsfeier zu ihm und schnippte den Finger an eine der goldenen Plastikkugeln, die zwischen Lichterketten am künstlichen Nadelbaum im Foyer hingen. Sie können doch auf einiges zurückblicken im Verlagsleben, Herr Busch.

Er blickte zurück in die spiegelnden Fensterscheiben, und diesmal erkannte er sich deutlich. Seine Silhouette verfing sich in der Lichterkette, die im Glas schwebte. Er wagte nicht, sich zu bewegen, er würde sich bloß weiter in den Lichtern verheddern und nie mehr von hier loskommen.

Bei einem seiner letzten Besuche hatte ihm der Buchhändler in Bayreuth einen Prospekt in die Hand gedrückt. Der Prospekt war gestaltet wie ein Buchcover. „Deine Erinnerungen sind es wert“ stand da als Werbetitel. Falls er mal Lust habe, seine Biografie schreiben zu lassen, jeder habe ja ein ganz eigenes Leben.

Am selben Tag kam er auf der Autobahn zu einem Unfall. Ein Pferdetransporter war umgestürzt. Blaulicht blinkte. Ein Polizist lenkte den Verkehr über den Pannenstreifen. Es knallte. Gnadenschuss, dachte er und beschloss, diesen Tod ebenso zu den anderen Unfallopfern auf seiner Liste zu zählen. Zum Kofferraum des silbernen Toyota vor ihm sagte er: Ein eigenes Leben.

Danach vergaß er es wieder.

Als er Monate später auf einem Bahnsteig stand, fiel sein Blick auf seinen neuen silbernen Rollkoffer. Er war leicht, hatte ordentliche Rollen und einen ergonomischen Griff, falls man ihn länger hinter sich herziehen musste. Es war ein guter Koffer. Susanne hatte ihn gekauft. Der Koffer erinnerte ihn an etwas, aber er kam nicht drauf. Als der Zug einfuhr, wusste er es und sagte laut ins Getose der quietschenden Bremsen: Dein eigenes Leben.

Der Mann neben ihm nickte zustimmend: Das ist wirklich nicht nötig, so einen Lärm um sich zu machen.

Der Mann war ihm sympathisch, und er schenkte ihm den Bestseller aus seinem Koffer, „Dein Leben in Balance“. Als das Buch fünf Jahre vorher erstmals erschienen war, lief es eher schleppend. Da hieß es noch „Leben in Balance“.

Danke, schreibt er auf einen Notizzettel. Er legt ihn in den Blümchenteller und wartet, bis der Wasserkocher sprudelt. Den Teller mit dem Zettel drin stellt er vor die Wohnungstür der Lichtes im Hochparterre. Nicht direkt auf die Fußmatte, damit der Teller nicht aus Versehen zertreten wird, und nicht zu weit daneben, damit er nicht übersehen wird. Dass der Goldrand verblasst ist, fällt im trüben Treppenhauslicht kaum auf. Mit dem Wasserkocher in der Hand tritt er vor die Haustür. Der Himmel ist verhangen, es regnet jedoch nicht. Das heiße Wasser soll an Himmels statt den Beuschelfleck wegwaschen. Am Fleck sitzt der rot getigerte Kater und schleckt, die gelben Augen zu Schlitzen verengt. Am gegenüberliegenden Fleckrand tummeln sich die Ameisen. Er geht an all seinen Tieren vorüber und gießt das heiße Wasser gleichmäßig über den verdreckten Deckel der Biomülltonne. Es dampft in die beginnende Dämmerung. Aus dem Auto schaut er zu, wie sie dichter und dichter wird. Der rot getigerte Kater auf seinen Knien schnurrt dazu. Das vibriert und ist bestimmt gut für die Durchblutung.

Auf einmal sieht er Licht oben in der Wohnung. Er fragt sich, ob es vorher schon da war und ob er am Morgen eventuell vergessen hat, es auszuschalten. Ohne nachzudenken, knipst man das Licht an, und wenn es hell genug ist, vergisst man es sofort, obwohl das Licht einem gerade noch so hilfreich war. So ist das mit der Dankbarkeit und mit dem Energiesparen, kein Mensch (außer vielleicht Susanne) kann dauernd daran denken.

Als er die Wohnung betritt, sitzt Matti in seinem Zimmer am Boden und wirft einen Tennisball an die Wand.

Susan duscht, sagt sein Sohn kurz angebunden.

Susanne und Matti mussten sich an ihm vorbeigeschlichen haben oder durch die Einfahrt in den Hof gekommen sein. Selbst das hätte er sehen müssen. Und vor allem hätten sie ihn im Auto sehen müssen. Wie er da sitzt. Und da ist. Und nichts tut. Er fragt sich, ob das etwas mit ihm zu tun hat und mit dem Auto, in dem er den Großteil seiner Tage und die Nächte verbringt, dass sie keine Lust hatten, ihn zu begrüßen.

Willkommen zu Hause, ruft er durch den Flur.

Susanne ruft etwas zurück, das er nicht versteht. Das Wasser rauscht. Ein Tennisball knallt neben seinem Ohr an die Wand.

Wollen wir lieber eine Partie Fingerball spielen?, fragt er seinen Sohn.

Der schüttelt den Kopf und zieht ihn mit in die Küche. Dort muss er sich zwei Dutzend Katzenfotos anschauen, die Matti mit Susannes Smartphone aufgenommen hat. Die Katze unscharf von vorne, halb scharf von der Seite und die Katze erstaunlich scharf mitten im Sprung.

Matti sagt: Katzen sind toll. Oma sagt, Heidrun sei meine Katze. Ich musste sie halt dort lassen. Wegen Mama.

Er nickt und spürt, dass das Nicken nicht genug ist für seinen Sohn. Matti erwartet sich mehr. Inklusive Umsiedlungsplänen für eine Katze.

Ich war im Supermarkt einkaufen, sagt er, um Matti abzulenken. Das war nicht deine schlechteste Idee, den Kühlschrank leerzuräumen.

Nun nickt Matti, und diesmal ist das Nicken seines Sohnes nicht genug für ihn.

Während sich die Küchentür hinter Matti schließt (er geht eine Legokatze bauen, total antiallergisch), überlegt er, was fehlte und woher das verschwommene Gefühl in seinem Bauch kommt. Susanne duscht immer noch. Die Löcher schätzen lernen, denkt er.

Die Abendluft riecht nach Staub, nach Vorfrühling und leicht faulig nach Müll. Je dunkler es wird, desto intensiver werden die Gerüche. Er bemerkt das seit einigen Tagen. Schwächelt ein Sinn (die Sicht bei Dunkelheit), wird ein anderer (das Riechen) umso mehr geschärft. Es muss ähnlich sein wie bei den Löchern, die dem Gewebe erst einen Teil seines Sinns verleihen. Er nimmt die zwei Decken aus dem Auto und schüttelt sie so kräftig aus, dass es knallt wie bei einem Gnadenschuss. Weil sie freiwillig nicht wegfliegen, zupft er die Katzenhaare mit den Fingern ab. Das Licht im Bad ist an, das Fenster ist beschlagen. Niemand schreibt oder zeichnet darauf. Da weiß er plötzlich, was sein Sohn vorher vergessen hat: Matti hat seine Und-Frage nicht gestellt.

Es prickelt leicht seine Wirbelsäule entlang, als er sich hinsetzt. Der Stillstand wird ihm bald zeigen, wohin es gehen soll. Er will fest daran glauben. Er schließt die Augen, und nun riecht er zwischen Staub, aufsteigender Kühle und Müll Susannes Parfum. Dann niest sie. Sie steht im Dunkeln neben der offenen Autotür.

Deshalb sind wir früher zurückgekommen, sagt Susanne und reibt sich die Nase, Matti ist stinksauer auf mich. Wegen dieser Katze, weil ich sie nicht aushalte. (Susanne zieht die Nase hoch.) Und warum stand ein kalter Espresso im Flur auf der Schlüsselablage?

Das war ein Versuch, sagt er und greift in das leicht feuchte und kühle Haar, das vor Susannes Schultern herabfällt. Seine Finger tasten sich durch bis zum Nacken, der warm ist und so zerbrechlich, dass Susanne nur selten die Haare hochsteckt. Da liefere ich mich ja aus, sagte sie einmal und meinte die Blicke von hinten, die sie nicht abwehren kann. Er zieht den zierlichen Nacken vorsichtig zu sich heran. Der Nacken gibt nach, und er küsst Susanne schief auf den offenen Mund. Sie dreht den Mund nicht weg, und er entschuldigt sich nicht, auch nicht, als ihr Kopf an den Autohimmel stößt. Ein Auto ist kein Platz für die Liebe, sofern man über 140

Zentimeter misst. Er beugt Susannes Kopf zu sich herab. Sie legt seine Arme auf ihren Rücken, ihr Hintern ist kalt. Sogar unter der Decke. Er atmet an ihrem Hals, in ihr Haar, er kann nicht denken, wenn sich sein Körper in einem anderen auflöst.

Beweg dich nicht, sagt sie in sein Ohr und bewegt sich sanft auf ihm.

Er weiß, dass er das nicht durchhalten wird.

Später sitzen sie nebeneinander auf der Rückbank. Susanne schnieft leise. Er wickelt seine Frau in die zweite Decke, auf der vor Kurzem ein rot getigerter Kater lag.

Die Winkler ist noch neugieriger als Frau Lichte, sagt Susanne und zieht die Nase hoch. Sie hat mich gefragt, was du dauernd im Auto machst.

Und?, fragt er.

Ich habe ihr gesagt, du wohnst vorläufig im Auto. Die Wahrheit glauben die Leute ja doch als Allerletztes. Das ist Taktik.

Susanne pflückt ein Post-it aus dem Grau über sich, die gelben Zettel sind blasse, kantige Monde. Was machst du damit?, fragt sie.

Das ist Taktik, sagt er. Ich zähle die Löcher im Himmel.

# 7.

Eins habe er herausgefunden hinter der Bar, sagte Markus. Jeder mache andere Geräusche. Wie einer seine Tasse abstellt, trinkt, die Tür hinter sich zuzieht, sich schnäuzt oder Luft holt, das verrate manchmal alles. Das ist wie früher mit den Muskelverhärtungen beim Massieren, meinte Markus. Die haben mir auch mehr erzählt als die Leute selber.

Ein leises Trommeln hat ihn schon vor Susannes Türschaben geweckt. Ihre schmale Gestalt löste sich hinter der regennassen Windschutzscheibe auf, schemenhaft wie die Katze auf Mattis Fotos. Ob Susanne zu ihm hersah, konnte er nicht erkennen. Er stellte die Autouhr auf halb sieben und versuchte, ein schärferes Bild von Susanne zusammenzusetzen: Haare, Stirn, Augenbrauen, Nase. Er konzentrierte sich, es nützte nichts. Ihr Gesicht entglitt ihm ständig. Die Augen rutschten nicht an den richtigen Platz, die Backenknochen standen zu hoch oder zu tief. Als sich ausgerechnet Susannes Mund gegen jede Vorstellung wehrte, gab er auf.

Ich liebe ihren Mund, nur habe ich keine Vorstellung davon, wie er aussieht, wenn ich ihn nicht vor mir sehe. Das würde er Dr. Hoffmann nächste Woche sagen, wenn der aus dem Wald zurück sein würde. Das ist die Nähe, vermutet er. Sie verstellt einem die Sicht genauso wie der Wald. Dafür erinnert er sich gut an Geräusche, die Susanne macht. Er mag es, wie sie atmet, selbst wenn sie schnieft und die Nase hochzieht. Dezent, aber sorgfältig.

Er macht einige Lockerungsübungen für seine verhärteten Muskeln, kurbelt die Autoscheibe runter und streckt seinen Kopf in die feuchte Morgenluft. Das Badezimmerfenster ist gut bedampft. M-o-r-g-e-n M-a-t-t-i morst er mit der Taschenlampe hinauf. Matti wischt ein Stück Fensterscheibe mit dem Handtuch blank und winkt. Kurz darauf beschlägt das Fenster erneut: UND?, schreibt Matti in Spiegelschrift an die Scheibe.

Das verschwommene Gefühl in seinem Bauch ist wieder da. Es fühlt sich heute wärmer an als gestern, richtig angenehm. Matti hat endlich seine Und-Frage gestellt. Wenigstens an der Fensterscheibe. Oben wischt Matti die Scheibe sauber und bedampft sie nochmals. Er zeichnet einen ziemlich flachen Strichmännchenkopf, der so breit lacht, dass es gefährlich aussieht. Der Kopf wird vom lachenden Mund von rechts nach links mit Schwung geteilt. Dann sieht er nichts mehr, da ein

Sonnenstrahl durch den Wolkendunst bricht und sich im Badezimmerfenster spiegelt.

Die Sonne setzt sich heute noch durch, sagt Matti wenig später, das Wetter wird besser. Matti nimmt den Operngucker aus dem Seitenfach und blickt im Hof herum. Da ist ja ein Sprung im Glas, sagt er.

Er sagt: Bald, Matti.

Sein Sohn schaut weiter durch den Operngucker: Was bald?

Das ist meine Antwort auf deine Und-Frage. Vom Fenster vorhin. Ich weiß bestimmt bald, wie –

Wieso bald? Warum nicht heute Abend?, unterbricht ihn Matti. Und? Gibt's heute Burger?, hieß das.

Er zögert: Das war ein Burger? Das war gar kein Dampfmännchen für die neue Mundsprache?

Matti lässt den Operngucker sinken und hebt seine Schultern.

Klar, sagt er, Burger.

Unter der Dusche hält er die Luft an, so lange es geht. Anschließend atmet er gierig ein. Er saugt die letzten Reste von Susannes Duft an seiner Körpermitte ein, bevor er das Wasser voll aufdreht, sein Gesicht hineinhält und laut prustet.

Ende Oktober rollte sein Zug im Schrittempo durch die Vorgärten einer Stadt. Es war noch einmal richtig warm geworden. Auf einer Wiese saß ein Mädchen in einem Planschbecken und klatschte mit flachen Händen aufs Wasser. Das Wasser spritzte hoch über den Kinderkopf. Das Kind kniff die Augen zusammen und prustete. Im Garten daneben stand eine alte Frau tief gebückt in einem Beet. Ihre Kittelschürze war hinten hochgerutscht und legte üppige Schenkel bloß. Beim Aufrichten kniff die Frau die Augen zusammen und prustete vor Anstrengung oder vor Erleichterung, dass die Anstrengung gelungen war.

Er wäre gern ausgestiegen und hiergeblieben. Er konnte sich in dem Moment nichts Schöneres vorstellen, als zwischen Gemüsebeet, geblümter Kittelschürze und Planschbecken den Rest seines Lebens zu verbringen. Der Zug nahm wieder Fahrt auf. Je weiter er die Gärten hinter sich ließ, desto nagender wurde die Sehnsucht. Es war die Sehnsucht nach dem perfekten Stillleben, in das er sich gern schwindeln würde. Ein Stillleben wie in Mattis alten Wimmelbüchern, wo nichts die Harmonie auf der bunt bedruckten Pappe stört. Keine Worte. Und schon gar keine Bewegung.

Als er hinunter in den Hof kommt, fängt es erneut an zu nieseln. Er sollte Matti fragen, welchen Wetterbericht er morgens hört. Er selbst hört zurzeit gar kein Radio. Radiohören gehört ähnlich wie das Mobiltelefon zur Kontaktaufnahme mit der Außenwelt (= nicht nötige Eigenbewegung, Regel 2), die ihn vom Stillstand ablenken könnte.

Unter dem rechten Scheibenwischer seines Wagens klemmt ein Zettel. Hinter dem Auto steht Frau Winkler in einer gelben Regenjacke vor ihrer Garage. Das leuchtende Gelb lenkt seinen Blick sofort vom Zettel ab. Er hat nicht bemerkt, wann und wie Winklers aus dem Osterurlaub zurückkamen. Genauso wenig, wie er das Kommen von Susanne und Matti bemerkt hat. Es gibt so Tage, da hat die Wahrnehmung viel mehr Löcher als befürchtet.

Gut, dass Sie kommen, Herr Busch, sagt Frau Winkler. Ich wäre Ihnen sehr verbunden, wenn die hier wegkämen.

Sie deutet auf die beiden Campingstühle, die er seitlich an die Garagenwand gelehnt hat, um sie griffbereit zu haben. Für die nächste Sonnenstunde, in der er Vitamin D tanken wollte. Und ein bisschen stehen die Stühle dort als (völlig unnötiger) Schutz, damit es nicht zu sehr in den Eingang zum Ameisenbau und in die unterirdische Ordnung regnet.

Frau Winkler deutet auf das Loch, um das heute wetterbedingt weniger Verkehr herrscht als sonst. So viele Ameisen, sagt sie. Das kommt, weil Sie hier ständig im Auto essen und was-weiß-ich –

Den Rest versteht er nicht, da er gerade den Kofferraumdeckel über den Campingstühlen zuschlägt. Erst jetzt sieht er die Sprühflasche in Frau Winklers Hand. „Biokill“ liest er, darunter ist ein undefinierbares Insekt abgebildet, ein Hybrid aus Zecke, Mücke und Ameise. Frau Winkler beugt sich über den freigelegten Ameisenbau und sprüht mehrmals kräftig in das Loch hinein und um das Loch herum. Sie sprüht weiter, das Garagentor rauf und runter, direkt auf die Ameisenkolonnen. So, sagt sie. Wehret den Anfängen.

Völkermord, denkt er und hofft, dass ein Großteil des Volkes heute in den hintersten, weitverzweigten Gängen des Königinnenreichs geblieben ist und dort überleben wird. Muss das sein?, fragt er.

Frau Winkler stößt die Luft aus der Nase (es ist ein Geräusch, das er überhaupt nicht mag) und meint, er solle halt aufhören, die Viecher dauernd zu füttern. Aber er müsse keine Bedenken haben, das Mittel sei nicht giftig für Menschen. Ein gutes Schweizer Produkt, gründlich, wie vieles aus der Schweiz, man dürfe es sogar in der Küche verwenden. Und er solle sich ernsthaft fragen, ob sein Dasein im Auto das richtige Vorbild für die Kinder im Haus sei. Für ihr Kind und für seines sowieso.

An einem heißen Sommertag wartete er in einer Tankstelle an der Kasse. Die junge Frau vor ihm kaufte eine Zeitung und zwei PET-Flaschen Wasser.

Da wurde wieder ein Blauwal angeschwemmt, im Magen lauter Plastik, sagte sie zu ihrem Begleiter. Sie zeigte auf die Zeitung.

Was frisst er das Zeug auch, sagte der junge Mann.

Das geht mir echt nah, sagte die junge Frau, steckte die Zeitung ein und reichte ihrem Begleiter die beiden Plastikflaschen.

Die Ameisen haben ihre Route verlassen und irren orientierungslos über die beige Blechwüste. Es regnet leicht. Unter dem Scheibenwischerblatt klebt der nasse Zettel mittlerweile am Glas fest. Er löst das Papier vorsichtig ab und setzt sich ins Trockene. Im Auto spürt er die Erschütterung, als die Ameisen, eine nach der anderen, geräuschlos vom Garagentor fallen. Sein Hintern beginnt zu surren. Es surrt das Rückgrat hinauf bis ins Hirn. Der durchweichte Zettel stammt von einem Werbenotizblock der örtlichen Biermarke. „Neue Entwiklung! dringend, brauch Rat“ steht in klitzekleiner Handschrift über dem Brauereilogo. Wenn er nicht sicher wüsste, dass der Zettel aus dem Café Bistro ist, könnte er glauben, er habe ihn selbst geschrieben.

Er spannt die Muskulatur im Hintern an und lässt wieder locker. Er wiederholt dies fünfmal. Sein Hintern surrt immer noch. Draußen regnet es sich ein, konstant und in kleinen Tropfen. Alle zusammengenommen sorgen (mit den fallenden Ameisen) fur eine ordentliche Erschütterung und zudem für eine beachtliche Wassermenge. Prüfend fährt er innen am Dichtungsgummi des Dachfensters entlang. Der

Gummi ist trocken. Sein Magen schmerzt. Er hat vergessen, oben etwas zu essen. Nur den kalten Schluck Espresso hat er getrunken, den Susanne in der Küche auf der Fensterbank stehen ließ. Susanne trinkt ihren Kaffee morgens nämlich nicht im Bad, im Flur oder am Tisch, sondern am Küchenfenster. Wieso wusste er das nicht? Vom Küchenfenster sieht man schräg in den Hof und auf die Autos. Auf seines und auf das der Lichtes.

Er glaubt an das Bauchweh, das durch neue Entwicklungen verursacht werden kann. Er glaubt an die friedliche Koexistenz zwischen den Lebewesen und daran, dass seine Ameisen dem biologischen Angriff standhalten werden (auch wenn ein gründliches Schweizer Produkt eingesetzt wurde). Er glaubt allerdings nicht, dass er Markus einen einzigen brauchbaren Rat geben kann.

Gegen Abend trifft er die Tochter von Winklers, die in Socken vor der Wohnungstür steht.

Das ist mein Bruder, sagt das Mädchen und zeigt in einen Puppenkinderwagen, wir gehen spazieren.

Aha, sagt er. Hat den der Osterhase gebracht?

Nein, der Storch, sagt sie tadelnd.

Freilich, sagt er. Wie heißt dein Bruder denn?

Sie weiß es nicht. Er schlägt Otto vor. Das Mädchen zieht ein Gesicht.

Von irgendwo aus der Wohnung ruft Frau Winkler: Julia, komm jetzt und hol deine Gummistiefel!

Ich hasse Gummistiefel, ruft das Mädchen zurück, Otto muss auch keine anziehen!

Er nimmt zwei Stufen auf einmal in den dritten Stock.

Als Kind liebte er seine Gummistiefel. In keinen anderen Schuhen konnte er so schnell rennen. Seinen Regenmantel hingegen hasste er. Wenn er ihn trug, stakste er mit steifen Beinen, damit sie ja nicht den Saum des Mantels berührten. Der Regenmantel war heimtückisch und träufelte Wasser über seine Beine, sobald sie an den Saum kamen. Das Wasser lief hinab in die geliebten Stiefel, die nachher stanken.

Sein Großvater stakste ebenfalls, das kam vom Rücken. Der Großvater war der Meinung, bloß wer Rückgrat habe, dem könne es wehtun. Die Großmutter gab eher dem Fernsehsessel die Schuld, in dem der Großvater jeden Tag einige Stunden verbrachte.

Wenn wer ein ungesundes Leben führt, dann wir Vertreter, sagte Bentheimer. Das war auf seiner allerletzten Klausur.

Zu wenig Bewegung, fuhr Bentheimer fort, zu viel Wirtshausessen und der Erfolgsdruck. Und was kommt davon? Genau: Herz- und Kreislaufprobleme, Magengeschwüre, Fettleber, Bandscheibenvorfall.

Wir sollten auf jeden Fall mehr trinken, viel trinken ist sehr gesund, meinte der Kollege aus Hessen und wies auf den Biergarten ein Stück die Elbe hinunter.

Vergiss es, sagte Bentheimer. Hier in Bad Schandau wird gekneippt, Männer. Kneippen mit Doppel-p. Wir werden uns drei Tage lang entgiften. Wasserguss, Massage, Gymnastik, Vollwertkost, all inclusive, alkoholfrei versteht sich, der Verlag zahlt. Nachher können wir es mit Rübezahl aufnehmen.

Der Kollege aus Berlin schüttelte den Kopf: Du sollst diese Gesundheitsbücher verkaufen, nicht selbst lesen.

Er sagte: Berggeister sollte man nicht unnötig reizen, da werden sie unberechenbar.

Bentheimers Hand landete auf seiner Schulter: Den mag ich irgendwie, den Busch. Der versteht mich. Obwohl er Zugfahrer werden will. Und dass mir ja kein anderer auf diese Schnapsidee kommt!

Matti isst zwei Burger, nachdem er ein Fingerballmatch gegen ihn gewonnen und das nächste verloren hat. Susanne hat angerufen, dass sie es nicht zum Essen schafft. Als Matti schläft, wickelt er zwei Fleischlaibchen in Alufolie. Eins für sich, falls er nochmals Hunger bekommt, und eins für den Kater, falls er heute Abend vorbeikommt. In der offenen Schlafzimmertür bleibt er stehen. Er überlegt, ob er hier auf Susanne warten soll, eingewickelt in die blau-goldene Tagesdecke und sonst nichts. Aber die Decke ist so straff und faltenlos über das Bett gezogen, dass er nicht wagt, daran zu rühren. Er schließt die Schlafzimmertür und verlässt die Wohnung.

Menschen sind von ihrer Veranlagung her im Prinzip beides, mal Raubtiere und mal Fluchttiere, erklärte ihm Dr. Hoffmann. Fluchttiere wie Pferde oder Schafe weichen der Gefahr lieber aus, als sich ihr zu stellen, und laufen weg. Auch Menschen hätten einen Sinn für die Gefahr, nicht immer jedoch einen Sinn fürs Risiko. Im Großen und Ganzen sei die Flucht trotzdem oft eine gute Strategie. Ich weiß nur nicht recht, meinte Dr. Hoffmann, welche Strategie Sie mit dem Stillsitzen im Auto verfolgen. Daran müssen wir arbeiten, Herr Busch.

Das nächste Mal würde er Dr. Hoffmann fragen, ob der Stillstand ebenso eine Art Flucht sein könnte. Ein Spezialfall des Weglaufens sozusagen. So wie Ruhe ein Spezialfall der geradlinig gleichförmigen Bewegung ist.

Im dunklen Hof tastet er nach dem Griff an der hinteren Autotür. Sie klemmt bei feuchtem Wetter. Er legt die Fleischlaibchen aufs Autodach, um beide Hände frei zu haben, und zieht kräftig am Türgriff. Die Tür springt auf, ein Stück Pelz springt heraus. Kater, denkt er und tritt zurück. Schafstall, denkt er gleich darauf, und dass Dr. Hoffmann doch nicht immer den Punkt trifft. Dieses Schaf zumindest macht keinerlei Anstalten zu fliehen. Behutsam öffnet er die Beifahrertür und nimmt die Taschenlampe aus dem Seitenfach. Ein zotteliger, nach Viehstall stinkender Fellmantel liegt auf der Rückbank, die Beine streckt er in den leeren Raum, den der ausgebaute Fahrersitz hinterlassen hat. Mit dem Knie drückt er dem schnarchenden Mann den herausgefallenen Arm wieder ins Wageninnere und schließt leise die Autotüren.

# 8.

Im Sommer fuhr er auf der Landstraße an einem See vorüber. Darin stand ein altes Paar schenkeltief im Wasser. Sie hatten sich gegenseitig an den Händen gefasst, als wollten sie Quadrille tanzen. Ohne die Hände des anderen loszulassen, drehten sie sich und wechselten die Plätze. Sie schüttelte ein wenig ihre Schultern. Kann sein, dass das Wasser kalt war oder der Grund voller spitzer Steine. Das Paar ging tiefer in den See hinein. Er wollte zusehen, wie die beiden schwammen, allein mit den Beinen, denn sie würde seine und er würde ihre Hände niemals loslassen. Er würde genauso zusehen, wie sie zusammen Schritt für Schritt in den See gingen, bis die Münder, die Nasen, die Köpfe untertauchten. Und nichts wäre zu hören.

Er greift sich an die Nase. Sie ist feucht. Das Feuchte kommt oben von der Innenverkleidung des Wagens. Am Dichtungsgummi des Dachfensters bildet sich bereits der nächste Tropfen, der sich dem gelochten Kunstlederhimmel entlang in seine Richtung vortastet. Der

Himmel hat nicht nur Löcher, denkt er, nun weint er auch noch.

Ob er an die Sprache der Dinge glaube, fragte ihn die Buchhändlerin aus München einmal. Man gehe viel wacher und reicher durchs Leben, wenn man den Dingen gut zuhören könne.

Er verneinte. Wer schon Probleme habe, die Menschen zu verstehen, würde sich bei Dingen erst recht schwer tun, fand er.

Die Buchhändlerin fand nicht, dass das ein Nachteil sein müsse. Im Gegenteil. Sie spüre so etwas.

Er spürt einen weiteren Tropfen vom Autohimmel auf sich zukommen und weicht aus. Er hat nichts gegen Regen. Aber er bezweifelt den Sinn von Regen in Autos und in Innenräumen generell und murmelt: Was willst du mir sagen? Ich spreche nicht mit Autos, und sie sprechen nicht mit mir. Das wäre mir wirklich nicht mehr geheuer.

Der Penner, der gestern in seinem Wagen geschlafen hatte, war ihm ebenfalls nicht geheuer, und er flüchtete zu Markus, um dort über den ungebetenen Gast zu klagen. Er hoffte auf Unterstützung, um den Mann zu vertreiben. Auf moralische und falls nötig sogar auf handgreifliche.

Markus stellte ihm ein kleines Bier auf die Theke, lehnte sich darüber und meinte: Was soll ich denn sagen? Gitti ist wieder da! Den Hund hat sie mitgebracht.

In der Jukebox hatte jemand David Bowies „Heroes“ gedrückt.

Als er zurück in den Hof kam, war der Mann im Pelzmantel weg. Er hatte den Geruch nach Schafstall, nach uraltem Schweiß und einen Hauch Schnapsfahne dagelassen. Dafür hatte das Raubtier im Mann die Fleischlaibchen mitgenommen, die er jetzt gern gegessen hätte. Er rollte wenigstens die stinkende Biomülltonne ganz nach vorne in die Tonnenreihe, genau unter das Fenster des Frisörs. Einschlafen konnte er trotzdem nicht. Die Decken stanken. Ihm war schwindlig.

Irgendwann hüllte sich Susanne nackt in den blau-goldenen Überwurf und flüsterte in seinen Halbschlaf: Beweg dich nicht. Beweg dich nicht.

Die blonde Gitti, die eigentlich nach Mallorca ausgewandert war, beugte sich über ihn, um zu überprüfen, ob er brav stillhielt.

Er folgt nicht, wisperte Gitti zu Susanne. Er folgt dir nicht. Warum folgen uns die Männer nie?

Mit einem Tuch wischt er ringsum über die Dichtung des Dachfensters, die diesen Namen nicht mehr verdient. Undichtung, denkt er und überlegt, ob er den Dingen gegenüber auch sparsamer mit Vorwürfen sein sollte (Regel 3). Undichtung, sagt er laut und deutlich. Prüfend blickt er durch die mit Tropfen gesprenkelte Scheibe hoch in den grauen Himmel. Es regnet ergiebig.

Obwohl Matti in der Früh behauptet hat, dass es Auflockerungen geben würde.

Dein Wetterbericht, wollte er wissen, aus welchen Radionachrichten ist der?

Irgend so ein Regionalsender, antwortete Matti vage.

Die Frage sei nur, aus welcher Region, meinte er.

Wenn er endlich wie all seine Freunde ein Smartphone haben dürfte, sagte Matti, würde er täglich den besten Wetterbericht liefern. Mit Unwetter-Warn-App und Regenradar und allem Pipapo. Minutengenau.

Wenig später hört es tatsächlich auf zu regnen. Er öffnet alle Wagentüren, um zu lüften. Es ist kälter geworden. Er klemmt sich die beiden Wolldecken unter den Arm und steigt hoch zur Wohnung. 30 Minuten dauert das Kurzwaschprogramm. Er räumt Susannes Espressotasse von der Fensterbank in den Geschirrspüler. Er setzt sich ans Fenster in der Küche und sieht im Hof die beiden Autos stehen, das hermetisch verschlossene der Lichtes und das daneben mit den ausgeklappten Türen. Die Waschmaschine nebenan macht schlürfende Geräusche und verrät dabei alles über sich. Er löffelt Mattis Müsli aus und füllt sich noch mal nach. Als er wieder hinunter in den Hof schaut, hat auch der türkisfarbene Mercedes seine vier Türen ausgeklappt.

Er vermisst die Telefonate mit Dr. Hoffmann. Er stellt sich vor, wie der Psychiater im Harz gerade durch den

Wald läuft, wie er den Geruch nach Erde, Moos und dem Laub des vergangenen Jahres inhaliert, wie er mit den Fingern vorsichtig über die zarten ersten Frühlingstriebe streicht und sich über den Regen freut, der mit ihm spricht. Er versucht sich vorzustellen, welche Wunder das wirkt, wenn die Leute vor lauter Wald die Bäume nicht mehr sehen. Plötzlich steht nichts mehr im Weg. Kein Fichtenstamm, keine glatte Buche, keine raue, verlebte Kiefer. Die Aussicht auf ein glückliches Leben ist frei. Bis auf den Schatten, den man wirft, wenn einem die Sonne in den Rücken fällt. Und wer mag schon freiwillig gegen die Sonne schauen? Er sicherlich nicht, dafür hat er zu empfindliche Augen. Er würde Dr. Hoffmann fragen, ob er in die Sonne sehen und seinen Schatten damit hinter sich lassen könnte. Er würde Dr. Hoffmann außerdem fragen, ob Psychiater den Aufenthalt im Wald für ihre Klienten nicht grundsätzlich ablehnen sollten, aus reinem Eigennutz und zur Vorsorge für den Weiterbestand ihres Berufes.

Die Eingangstür schabt quietschend über den Steinboden, als er sie aufdrückt. Das Quietschen kommt von der Feuchtigkeit. Die schwere Holztür dehnt sich bei Regen aus.

Herr Lichte wendet seinen Kopf mit den paar silbernen Strähnen, die sich dort noch festhalten. Er sitzt hinterm Steuer des türkisfarbenen Mercedes und scheint ihn zu erwarten: Da sind Sie ja endlich!, ruft ihm der alte Herr entgegen. Warum kommen Sie immer zu spät?

Er entschuldigt sich kurz und fragt leise: Weiß Ihre Frau, dass Sie hier draußen sind?

Sind Sie verrückt?, sagt Herr Lichte. Das ist doch nichts für empfindsame Damen.

Herr Lichte fixiert ihn aus blassen Augen: Worauf warten Sie eigentlich? Gehen Sie endlich auf Position, Mann. Vorne sitzen die Piloten. Klappen bleiben offen. Und horchen Sie auf die Motoren, sie schnurren wie Raubkatzen.

Demenzkranken nicht andauernd widersprechen. Das hat er in einem Ratgeber gelesen. Also setzt er sich in seinen Wagen und wartet auf die nächsten Kommandos. Es kommen keine mehr. Er hört nichts außer dem entfernten Verkehrsrauschen von der Straße. Da öffnen sich die Gardinen und gleich darauf das Fenster im Hochparterre. Eine ihm unbekannte Frau schüttelt ein Staubtuch zum Fenster hinaus. Sie lächelt Herrn Lichte zu und verschwindet wieder. Die Zugehfrau der Lichtes, vermutet er und findet es schade, dass sie Jeans und Pulli trägt und keine geblümte Kittelschürze wie die Frau im Gemüsebeet.

Herr Lichte klopft auf die stummen Messinstrumente am Armaturenbrett, die zurückgelegte Distanzen, Geschwindigkeiten und Energieverbrauch anzeigen könnten. Der alte Mann klopft und nickt schließlich zufrieden. Er hievt sich aus dem Sitz, kommt herüber und beugt sich vertraulich zu ihm in den Wagen: Nur das Umkehren nicht vergessen, Mann, sagt er. Man hat sich ja im Handumdrehen verirrt. Im Handumdrehen. Das können Sie mir ruhig glauben.

Das Ding-Dong-Ding der Klingel im Hochparterre wird übertönt vom Rattern der Biomülltonne, die der Frisör ans andere Ende der Tonnenreihe zieht. Der Mann hält die braune Tonne auf Armeslänge von sich. Als er sie abgestellt hat, schüttelt er sich vor Ekel.

Das muss der Tiefdruck sein, das schlechte Wetter heute, ruft er dem Frisör aufmunternd zu.

Der Frisör wischt sich die Hände an der Mitte seiner schwarzen Schürze ab. An ihren Seiten ragen Scherengriffe aus tiefen Taschen. Irgendein Idiot hat Fleisch in die Tonne geworfen, antwortet der Frisör.

Es gibt mindestens zwölf verschiedene Arten von Grau. Er hat das Dachfenster aufgekurbelt, damit der Gummi (die Undichtung) trocknen kann, und inspiziert die Bewölkung. Es gibt schiefergraue, mausgraue, taubengraue und lichtgraue Wolken, jede Grauart hat er zudem dreimal grob abgestuft in hell, mittel, dunkel. Tonwerte, denkt er und horcht auf ihren Klang. Es soll Leute geben, die Farben hören können. Und wenn einer sagen würde: Grau ist doch keine Farbe, dann würde er die Grautöne verteidigen als vielfältigste Farbe der Welt.

Haben Sie mal auf die Straßen dieses Landes geschaut?, würde er sagen. Finden Sie, eine Straße sieht aus wie die andere? Nein, würde er sagen, das tut sie nicht. Ich erkenne die Straßen, auf denen ich schon gefahren bin, nämlich an ihrem Grau, und ich brauche dazu weder ein Straßenschild noch ein Navigationsgerät. Er hätte damit zu „Wetten, dass..?“ gehen sollen.

Am Nachmittag klopft Susanne ans Autofenster. Er öffnet ihr die Tür, sie bleibt davor stehen. Die Haare fallen ihr über die Schultern. Er horcht genau hin, ob ihm die Haare etwas sagen wollen, er hört nichts. Sie fängt seine Hand, die sich den Haaren nähert, geschickt ab.

Ich muss verreisen, nur für zwei Tage, sagt Susanne.

Ist etwas mit deiner Mutter?, fragt er.

Nein, es geht um den Auftrag, an dem ich gerade arbeite. Du hast mir gar nicht erzählt, dass du Gregor im Supermarkt getroffen hast. Er meint, in Klausur gehe die Arbeit besser voran. Wir sind in der Feinabstimmung. Das Studio hat eine Hütte in den Bergen. Gregor lädt dich und Matti auch ein, das soll ich dir sagen: Er würde sich sehr freuen. Und oben hat es geschneit. Matti sucht sein Snowboard. Wir werden nachher abgeholt.

Er sagt: Er heißt Günter, und ich warte hier in der Stadt auf den Frühling. Außerdem gehen im Frühjahr die meisten Schneebretter ab, Harsch und Neuschnee, das verbindet sich nicht, davon hält man sich am besten fern.

Welcher Günter?, fragt Susanne.

Das musst du Gregor fragen, sagt er.

Zwei Stunden später hat er Matti das Snowboard mit den gelben Blitzen darauf neu gewachst. Matti wusste sogar für welche Schneeart. Scheinbar war der Schneebericht für die Nordalpen genauer als der Wetterbericht für diese Stadt. Er küsst Susanne und Matti und lädt die Reisetasche und das Snowboard ins Heck eines dunkelgrünen Volvo SUV.

Schade, dass du es nicht schaffst, sagt Günter aus dem Fahrerfenster. Silvie kommt vermutlich nach. Ruf sie an, wenn es passt für dich. Wir haben keinen Luxus auf der Hütte, einfach und bequem ist es.

Matti winkt, bis der Volvo um die Ecke biegt. Er winkt auch, in der Hand hält er die Visitenkarte, die Günter ihm gegeben hat. Im Vorbeigehen wirft er sie in die Altpapiertonne.

Bei einem Workshop sagte Bentheimer: Falls ihr ein Hotel braucht auf der Tour, bucht keinen Luxus, aber bequem muss es sein. Luxus blendet nur, Bequemlichkeit dürfen wir uns leisten. Was sag ich, müssen! Ein Vertreter braucht einen gründlichen Schlaf und einen wachen Kopf.

Wegen des Verkehrs, meinte ein Kollege.

Nein, sagte Bentheimer, Sie haben es nicht begriffen.

Im November musste er in einer Pension in Oberfranken übernachten, weil der Buchhändler erst abends Zeit hatte und danach kein Zug mehr fuhr. Er verstöpselte sich die Ohren mit Watte, da er keine Lust auf Zwiegespräche mit dem fremden Zimmer oder anderen Bewohnern in benachbarten Zimmern hatte. Er legte seinen Kopf auf ein blau-weiß kariertes Kissen und schlief ein. Mitten in der Nacht weckte ihn die Wand neben seinem Kopf. In der Wand rieselte Mauerwerk nach unten. Sie war hohl. Wieder rieselte es, diesmal klang es nach größeren Brocken. Er setzte sich auf, nahm die Wattestöpsel aus den Ohren und wartete auf den Morgen, um seiner Zimmervermieterin zu sagen, dass sie wahrscheinlich Termiten habe und ihre Pension ausgehöhlt würde, bis sie eines Tages in sich zusammenfiele. Am Morgen war er so müde, dass er vergaß, der Vermieterin Bescheid zu sagen.

Er hat auch vergessen, wohin er die Silikonkartusche verräumte, mit der er vor einem halben Jahr die Duschkabine neu verfugt hatte. Mit Silikon ließe sich das Dachfenster gut abdichten. Provisorisch zumindest. Er hat die Kartusche nicht im Keller und nicht oben in der Wohnung gefunden. Dafür nimmt er die Butterkekse mit. Einen Keks schiebt er gleich in den Mund. Ein Krümel verirrt sich in die Luftröhre, er muss husten. Aus dem Garderobenspiegel schaut ihn ein Mann mit lächerlich rotem Gesicht an. Am Spiegel klebt ein Post-it, auf das Susanne ihren roten Lippenstiftmund gedrückt hat. Der Lippenstift steht nicht mehr auf der Kommode daneben. Sie hat ihn eingepackt. Er findet Lippenstift grundsätzlich zu viel Luxus für eine einfache Hütte am Berg.

Die restlichen Kekse zerkrümelt er in der Cellophanverpackung, während er die Treppe hinuntersteigt und mitzählt. Zählen beruhigt. Es sind 86 Stufen vom dritten Stock bis zur Haustür. Es macht nichts, dass er das längst wusste, weil er die Stufen mindestens ein Dutzend Mal gezählt hat. Wenn das überhaupt reicht. Im schiefergrauen Abendlicht kniet er sich vor dem Ameisenloch nieder. Nichts bewegt sich.

Ich weiß, ihr seid keine Termiten, sagt er zu den Ameisen, ihr macht keinen Ärger, keiner mag Ärger. Ich jedenfalls nicht.

Er legt sein Ohr neben das Loch an den kalten Boden und hört aus der Tiefe ein unsterbliches, leises Knacken.

Die kleinen Kekskrümel streut er für die Ameisen aus, die großen isst er selbst. Zucker macht vielleicht nicht glücklich, aber ein wenig trösten kann er schon. Über die Leere nach einer Abreise und über den Stillstand, der immer noch ein Spezialfall ist und keine gleichförmig geradlinige Bewegung. Könnte es sein, dass er doch nicht gut genug hinhört?

# 9.

Im Dezember stand er in Bamberg am Bahnsteig und fror. Es hatte geschneit. Der Schnee war gleich wieder geschmolzen, in der Luft hing seine feuchte Kälte. Die Wartehalle war wegen Renovierung geschlossen, der Ersatzcontainer daneben überfüllt. Eine Studentin saß auf der einzigen Bank am Bahnsteig des Regionalverkehrs und las in einem roten Ordner, was hierzulande Recht und Ordnung versprach. Sie rückte zur Seite, ohne aus dem Gesetz aufzusehen. Er fand es praktisch, dass man die Blätter und Gesetze ganz nach Belieben austauschen konnte in so einem Ringordner. Die große runde Bahnsteiguhr zeigte 14 Uhr 13. Der Sekundenzeiger lief flüssig im Kreis. Als der Zeiger oben über 12 Uhr kam, hüpfte der Minutenzeiger einen Strich weiter und zitterte mehrere Sekunden nach. Er zitterte mit und hörte erst damit auf, als der Zeiger stillstand. Er drehte sich um, da nun sein Rollkoffer zitterte. Eine graue Katze drückte sich an den Koffer und strich dessen Plastikbauch entlang.

Dir ist also auch kalt, murmelte er, da nützt nicht einmal dein dickes Fell.

Die Katze kehrte elegant um und rieb ihre andere Flanke am Koffer. Das dichte Fell des Tieres sträubte sich auf beiden Seiten. Die Katze zitterte und drückte sich abermals an den Koffer.

Die Studentin sah auf. Gsch, gsch, machte sie und wedelte so kräftig mit dem Gesetzestext, dass die Seiten im Ordner flatterten.

Die Katze sprang über die Gleise davon.

Die kenn ich, sagte die Studentin. Die reibt sich an allem aus Kunststoff, das perverse Ding steht auf elektrostatische Ladung.

Sein rechter Arm kribbelt wie unter Strom oder als würden Hunderte Ameisen darüber laufen. Langsam beginnt das Blut im Arm zu zirkulieren. Behutsam bewegt er den Kopf von einer Seite zur anderen. Er wendet das Kinn dabei zur rechten Schulter und dann zur linken und wieder zurück zur Mitte. Es zieht vom Hinterkopf bis hinab zum Hintern. Die Nebenwirkungen des Stillstands machen sich immer deutlicher bemerkbar. An ihm und am Auto. Das Dach ist undicht. Auf den Gummiprofilen der Seitenfenster wächst Moos, und die ersten Ameisenpatrouillen haben das Wageninnere bereits erkundet. Er überlegt, ob Autos eine Art Natur haben, der man zuwiderhandeln kann. So wie er der menschlichen Natur zuwiderhandelt, indem er sich in einem zu kleinen Raum aufhält und sich zu wenig bewegt. An das ganze soziale

Gefüge, dem er mit seinem Verhalten zuwiderhandelt, mag er gerade gar nicht denken.

Andere machen regelmäßig Sport, würde Susanne vielleicht zu ihm sagen. Andere schlafen in einem gemütlichen Bett, wo ich mich morgens zwischen euch legen kann, wenn mir danach ist, würde Matti vielleicht sagen. Manchmal ist Matti noch mit zehn danach, sich morgens zwischen die Eltern zu quetschen, und da ist wirklich nichts dagegen einzuwenden. Doch gestern hat sein Sohn nicht einmal gefragt, ob er mitkommt auf die Hütte in den Bergen. Gut, Matti weiß, dass ein Berg mit Schnee nicht sein bevorzugter Aufenthaltsort ist. Allerdings stellt Matti auch sonst unmögliche Fragen (auf die er die Antwort bisher schuldig geblieben ist).

Was für eine tolle politische Aktion, sagte Hermann zu ihm. Und dass sie das alle tun sollten: im Auto sitzen und nichts tun. Aus Protest gegen die Umweltverschmutzung und gegen die drohende Klimakatastrophe.

Hermann ist Journalist und kommt meistens zum Frühstück zu Markus, trinkt einen Kaffee, isst eine Butterbreze und liest die Zeitung dazu. Aber bloß die eigene, für die er schreibt. In den anderen stehe nichts anderes, behauptete Hermann.

Er schluckte den Rest seines Schinken-Käse-Toasts und erklärte Hermann, dass er nicht wegen der großen Politik im Auto sitze, sondern wegen der kleinen, der privaten Lebenspolitik, die wohl kaum Auswirkungen auf die Umwelt habe. Es gehe nicht ums Weltklima, sondern um ihn und dass er einfach nicht draufkomme.

Er konnte im Moment leider nicht sagen, worauf er eigentlich kommen sollte. Genau das könnte (wie die Sache mit dem Klima) irgendwann katastrophal enden. Hermann biss in seine Breze und hörte gar nicht richtig zu. Wahrscheinlich fand er die Idee mit der Umwelt, dem Auto und dem Nichtstun zu schön, um sich davon abbringen zu lassen. Hermann sitzt nur deshalb nicht selbst im Auto und tut nichts, weil er gar kein Auto hat. Hermann fährt Fahrrad. Aus Überzeugung und weil er Holländer ist. Gitti findet das sehr achtsam. Er findet, dass Markus viel zu viel an seinem Ohrring dreht, seit Gitti wieder da ist.

In der Küche sichtet er die Vorratslage für die nächsten zwei Tage. Diesmal haben Susanne und Matti den Kühlschrank nicht ausgeräumt. Trotzdem kommt ihm die Küche ungastlich und leer vor. Er stellt Susannes Espressotasse auf ihren Platz am Fensterbrett in der Küche und Mattis Müslischale auf den Tisch und hört der Müllabfuhr draußen zu. Dem Summen der hydraulischen Heber, dem Poltern, wenn der Deckel gegen die gekippte Tonne knallt, den Müllmännern, die sich etwas zurufen, das er nicht versteht. Als der Müllwagen vor dem Haus hält, beginnen Müslischale und Espressotasse leicht zu vibrieren. Er vibriert mit, bis das Telefon zu klingeln beginnt.

Dass ich endlich wen erreiche, es ist ungeheuerlich, sagt Susannes Mutter. Wo seid ihr denn alle? Susanne geht nicht an ihr Handy.

Das funktioniert in den Bergen vermutlich nicht, meint er, horcht weiter auf die Müllabfuhr und hofft, dass die Männer die Biomülltonne ebenfalls leeren.

Was macht sie um Gottes willen in den Bergen?, fragt seine Schwiegermutter.

Er sagt: Einen Auftrag beenden, so Gott will.

Es kann nicht schaden, höchste Verstärkung anzurufen, um Günter so schnell wie möglich aus seinem (und Susannes) Leben zu bekommen.

Heidrun ist seit zwei Tagen verschwunden, sagt seine Schwiegermutter. Es klingt wie ein Vorwurf.

Er muss kurz nachdenken, bis ihm einfällt, wer Heidrun ist.

Das machen Katzen eben, äußert er sehr überzeugt. Die verschwinden und kommen wieder. Ich kenne das. Mach dir keine Sorgen.

Meinst du?, entgegnet seine Schwiegermutter. Vielleicht hast du ja recht. Also ich wünsche mir, dass du diesmal recht hast. Allein schon für Matti. Das Tier hat ihm ja so gutgetan. Bei allem, was der arme Junge gerade durchmacht.

Es ist ganz einfach, Busch, sagte Bentheimer. Wer kommuniziert, hat recht. Wer nicht kommuniziert, ist tot. Das kannst du dir merken.

Ein Ameisenstaat funktioniert nur, weil alle ihre Aufgabe haben und ständig miteinander kommunizieren. Die Kundschafterinnen, die Arbeiterinnen, die Königin, die Soldatinnen, die nichts tun konnten gegen den Angriff mit Schweizer Sprühgift, und die Krankenpflegerinnen, die jetzt bestimmt viel zu tun haben und mehr als sonst kommunizieren müssen.

Er glaubt an den Nutzen des Stillstands (auch jenseits vom Umweltschutz). Er glaubt an die Klugheit der Masse in einem Ameisenvolk und an die Treulosigkeit von Katzen und Katern (sowie an ihre Bestechlichkeit). Er möchte außerdem gern an die Geduld seiner Familie glauben, obwohl er diese Geduld gerade sehr strapaziert. Er sollte Bentheimers Rat folgen und mehr mit Susanne und Matti kommunizieren, um die Lage zu entspannen. Und mit seiner Schwiegermutter.

Regel 6: *Nicht auf die Geduld und nicht auf Katzen vertrauen.* Beide sind im Grunde unberechenbar.

Er wählt die Nummer von Dr. Hoffmann. Er möchte ihm von den Erschütterungen erzählen, die ihn sogar im Stillstand verfolgen. Er möchte von Frauen, Katzen und Katern berichten, die verschwinden und wieder auftauchen, wie es ihnen gefällt. Und von Söhnen, die plötzlich aufgehört haben, unmögliche Fragen zu stellen, die nur aus einem „Und“ und einem Fragezeichen dahinter bestehen. Er möchte ebenso von pummeligen, blassen Schulkollegen berichten, die sich mit neuen Namen schmücken, die durchtrainiert vom Yoga und gut gebräunt von Fernreisen sind und mit fremden Frauen auf bequeme Berghütten fahren. Er könnte Dr. Hoffmann auch von der Angst erzählen, zu verschwinden, weil Da-Sein allein wahrscheinlich nicht reicht, um sich hier zu halten.

Er sagt: Guten Tag, Busch am Apparat, ist der Doktor zurück?

Herr Busch, sagt die Assistentin von Dr. Hoffmann, deren Namen er leider vergessen hat. Wann bekomme ich Ihre Versichertenkarte?

Mein Sohn ist nochmals verreist, zum Snowboarden. Er heißt Matti.

Der Skiort?, fragt sie.

Er sagt: Nein, der Sohn.

Der Doktor ist morgen wieder da, sagt die Assistentin und legt auf.

Beim dritten oder vierten Telefonat fragte ihn Dr. Hoffmann, wie das mit dem Zugfahren gewesen sei.

Er erinnerte sich sofort und mit Freude an das Schneeintermezzo des Winters und schwärmte von den weißen

Wolken, die der Zug aufwirbelte, und von der weißen Decke, die alles unter sich begrub. Seither mochte er den Schnee um einiges lieber, zudem fuhr der Zug langsamer.

Dr. Hoffmann schwieg eine Weile und meinte, unterm Schnee bleibe jedoch alles beim Alten, und früher oder später komme es sowieso raus.

Es kommt sowieso raus, wiederholte er. Nicht allein das Auto, die Geschwindigkeit ist das Problem.

Wenn der Zug zu schnell fuhr, löste er sich auf. Er hatte den Eindruck, in lauter Einzelteile zu zerfallen. Deshalb ließ er im ICE immer den Mantel an, um beieinanderzuhalten, was seiner Meinung nach zusammengehörte. Zugeknöpft bis oben hin saß er da. Darum war er ständig erkältet, als er Zug fuhr. Weil er drinnen schwitzte und ihm draußen der Schweiß auf dem Rücken gefror.

Erschütterungen halte ich viel besser aus als die Geschwindigkeit, sagte er zu Dr. Hoffmann. Da habe ich einen guten Trick. Ich mache mich durchlässig. Können Sie das auch? Durchlässig werden?

Dr. Hoffmann meinte, so eine Tachophobie sei verbreiteter, als er glaube. Er empfahl ihm eine Kollegin, eine Spezialistin für Hypnose. Mit Hypnose habe man bei Angststörungen die besten Erfahrungen gemacht. Hypnose wirkt, Sie werden sehen, sagte Dr. Hoffmann.

Glauben Sie nicht, dass ich zu durchlässig für Hypnose bin?, fragte er.

Heute sind es 98 Schritte bis zur Rampe des Supermarkts. Er hat die kurze Route am Café-Bistro vorbei genommen. Markus kehrte ihm den herausgestreckten Jeanshintern zu. An den Händen trug er pinke Gummihandschuhe und fuhr mit einem Wischmopp über den Boden vor der Bar. Wegen der Zeitung lesenden Brezenesser, die zum Frühstück da waren. Sie lassen ihre Krümel so weit wie möglich von sich fallen. Irgendwann ist der Boden erreicht, und dann sind die Krümel Dreck. Außer sie fallen vor ein Ameisenloch. Dann sind sie Nahrung. Die Kundschafterinnen würden neue Duftmarken setzen und die anderen würden folgen.

Im Supermarkt kauft er pralle rote Äpfel aus Neuseeland, vorgeschnittenes Brot, eine große Leberwurst (nicht von der Frischetheke) und eine Rolle Paketklebeband. In der Küche schmiert er Leberwurstbrote, die er auf einem Pappteller kleinschneidet. Im Vorbeigehen stellt er sich auf die Zehenspitzen und küsst Susannes Lippenstiftmund auf dem Garderobenspiegel. Der Kuss schmeckt nach Papier. Im Hof steigt er aufs Autodach und beginnt, die Dichtungen um das Dachfenster sauber und trocken zu reiben, bevor er sie verklebt. Denn Stegmann hatte kein Silikon mehr. Gestern war ihm eingefallen, dass sich Stegmann die Kartusche geliehen hatte.

Leider, sagte sein Nachbar, die sei leer, er habe nur noch die Badewanne neu abdichten können. Sonst hätte er die Kartusche natürlich zurückgebracht.

Er reißt vier Streifen Paketband ab und klebt sie über die Undichtung. Stegmann hatte auch kein Paketband als Ersatz für das Silikon.

Das sei nicht wasserdicht und der Kleber könne den Lack angreifen, meinte sein Nachbar. Paketband sei ja oft aggressiv klebend. Das würde er nicht empfehlen.

Macht nichts, macht nichts, sagte er und lud Stegmann auf ein kleines Helles im Auto ein. Stegmann hatte jedoch keine Zeit zum Biertrinken, seine Freundin Anna hatte ihn verplant. Wie an den meisten Abenden.

Zur Sicherheit klebt er vier weitere Streifen Klebeband über die ersten. Anschließend setzt er sich ins Auto und beobachtet den Hof durch den Operngucker. Rechts hat der Pappteller mit den Leberwurstbrotstücken einen Sprung. Die Leberwurst ist schon etwas angetrocknet. Auf dem Garagendach von Winklers sitzt der rot getigerte Kater und starrt zum Durchgang mit den Mülltonnen. Er schwenkt den Operngucker in dieselbe Richtung. Rechts geht durch zwei Frauen ein Sprung. Dahinter stehen zwei Männer. Alle vier schauen auf die Displays ihrer Mobiltelefone, während sie nun mit gezielten Schritten auf ihn zukommen. Jetzt stehen sie knapp vor seiner Stoßstange. Sie sehen ihn trotzdem nicht im Auto sitzen. Er ist wohl zu durchlässig dafür.

Aber save ist hier einer, ruft die dunkelhaarige Frau, den kriegen wir.

Shiny, ruft der Mann neben ihr. Seht ihr ihn?

Lasst uns gehen, hier stinkt es so, sagt die blonde Frau, mir wird gleich schlecht.

Nicht ohne Shiny, sagt der zweite Mann und hält sein Handy hoch in die Luft.

Level 37, ruft der Mann, und dich haben wir gleich!

Die anderen umringen ihn. Der zweite Mann klopft ihm auf die Schulter. Dann gehen sie, den Blick zufrieden auf ihre Handys gerichtet. Anscheinend haben sie gefunden, was sie suchten.

Der Kater starrt ihnen in den Rücken, bis sie um die Ecke verschwunden sind. Als Herr Winkler vor das Garagentor fährt, springt das Tier in den benachbarten Hof. Er überlegt, wie Herr Winkler mit Vornamen heißt. (Regel 5: Die Löcher schätzen lernen.)

Er steigt aus und schiebt den Leberwurstbrotteller mit der Schuhspitze hinter das Vorderrad. Herr Winkler räumt Autoreifen aus der Garage. Er will höflich sein und bietet seine Hilfe an. Herr Winkler lehnt ab und rollt schnaufend ein Rad nach dem anderen zu seinem Auto. Um etwas Kommunikation zu betreiben und weil körperliche Arbeit bei Unterhaltung oft leichter von der Hand geht, fragt er: Montieren Sie die Reifen selbst?

Herr Winkler blickt kurz aus seiner gebückten Haltung zu ihm hoch und hinüber zu dem alten Mercedes. Nein, das lasse ich in der Werkstatt machen, sagt er und hebt die vier Reifen mit vier Ächzern in den Kofferraum.

Der Wetterbericht ist also gut?, fragt er. (Sein Nachbar schnauft bloß.) Weil Sie schon die Sommerreifen montieren, ich dachte, Sie hätten die aktuelle Wettervorhersage gehört.

Herr Winkler sagt: Ich wechsle die Reifen immer Anfang April, da frage ich das Wetter bestimmt nicht um Erlaubnis.

Als der Kombi mit Herrn Winkler aus dem Hof gefahren ist, tritt er ans Garagentor, das beige ist wie die Wüste oder ein Sandstrand irgendwo in Italien. Am Tor sind keine Ameisen zu sehen, am Eingang zum Königinnenreich sieht er vereinzelte. Insgesamt zählt er elf Insekten. Die Toten und die Kekskrümel sind abtransportiert worden. Das nimmt er als zuversichtliches Zeichen. Hinter sich hört er das Schmatzen des Katers am Pappteller.

Spürst du das, sagt er zum Kater unterm Auto, der ihm das rot getigerte Hinterteil entgegenstreckt. Er hält einen Zeigefinger ins dämmrige Himmelsviereck über dem Hof: Gegenwind, ich glaube, es kommt Gegenwind auf. Und er ist kalt.

# 10.

Manchmal ist die Zeit ein nasses Knie. Draußen ist es grau in grau und drinnen auch. Die Autoscheiben sind beschlagen vom Schlaf. Über der Windschutzscheibe liegt eine düstere Decke. Sie ist verrutscht und durchzogen von helleren Rissen. Der Schnee schmilzt bereits wieder, auch am Dach. Schmelzwasser schleicht sich durch die Undichtung des Dachfensters, obwohl er sie verklebt hat, und tropft vom Autohimmel auf seine Beine. Es ist halb sieben auf der Autouhr, die er seit zwei Tagen nicht mehr gestellt hat. Er wundert sich, warum die Uhr überhaupt funktioniert. Vielleicht gibt es in diesem Auto ebenfalls geheime Räderwerke, um ihn zu besänftigen. Räderwerke, die ihm weismachen wollen, dass die Sache mit der Zeit abgesehen von kleinen Ungereimtheiten recht verlässlich ist. Selbst an Tagen, an denen er die Uhr nicht pünktlich stellen kann, weil niemand um halb sieben mit der Haustür schabt.

Er stellt sich vor, wie Susanne in den Bergen gerade über die frisch verschneiten Wege joggt. Ihre Atemsäule weht ihr voran und hinterher. Ihre Schritte wirbeln kleine Schneegestöber auf, die hochsteigen, sich hinter ihr mit dem Atemdampf verbinden und zu weißen Wolken bauschen. Die Wolken werden größer und dichter und hüllen Susanne samt Schnee und Weg ein, sodass er keinerlei Durchblick mehr hat. Er sieht bloß noch Weiß und verliert seine Frau aus den Augen. Der Schnee schluckt zudem jedes Geräusch. Kein Schaben von Türen, kein Knirschen von Schritten verrät ihm, wo Susanne ist und wohin sie läuft.

Die kalte Luft tut ihm in den Lungen weh, bis ins Flachland, in die Stadt und in sein Auto hinunter. Die Luft brennt in den Bronchien und auf der Haut wie die salzigen Spitzen, die an stürmischen Tagen über die Nordsee fliegen. Die Jogginghose, in der er schläft, ist an einem Bein feucht vom Knie bis zu den Waden. Er zupft den kalten Stoff von der Haut und öffnet die Wagentür. Schneegriesel füllt den Hof. Sogar der Mercedes nebenan verbirgt sein schönes Türkis heute im Dunst.

Als er in die Wohnung hochgeht, nimmt er sich vor, wieder eine Aussicht zu haben, wenn Susanne und Matti vom Berg herabkommen. Eine Aussicht, die die strapazierte Geduld seiner Familie ein wenig stärken würde. Er ist nicht unsensibel, er kann sich vorstellen, dass Susanne und Matti irgendeine Perspektive seinerseits sehr schätzen würden. Er wird sich nachher ans obere Treppenhausfenster stellen. Von hier hat man die beste

Aussicht. Oder vorne an die Hausecke. Irgendetwas sieht man immer. Selbst wenn er sich nicht sicher ist, ob die Aussicht, die er braucht, mit bloßem Auge zu erfassen oder auch nur zu erahnen sein wird.

Man darf den Ideen nie nachlaufen, sagte der Buchhändler in Bayreuth, der mittlerweile mehr Gin als Bücher verkauft. Nicht den Ideen und nicht der Liebe, denn sonst flüchten sie oder wahren misstrauisch den Abstand. Wer sich jedoch hinsetzen und warten könne, am besten mit weitgehend offenen Absichten, der könnte Glück haben. Mit den Ideen und mit der Liebe.

Der Buchhändler schenkte zwei Gläser Gin ein: Sie müssen sich öffnen. Sie müssen daran glauben. Und haben Sie sich das mit Ihrer Biografie überlegt? Habe ich Ihnen den Prospekt mitgegeben?

Prospectus heißt Ausblick, so viel Latein kann er noch. Er sollte dem Buchhändler bei Gelegenheit mitteilen, dass sich die eigenen Aussichten beim Herumsitzen nicht zwangsläufig verbessern müssen. Zumindest nicht, wenn man nur in einem alten Auto sitzt, das sich nicht mehr von der Stelle bewegt. Abstand, Absicht, Aussicht. Er wird herausfinden, ob das die richtige Reihenfolge ist.

Im Flur blinkt der Anrufbeantworter. Sie haben eine neue Nachricht, sagt die Computerstimme.

Paps, sagt Matti (er klingt furchtbar weit weg). Gregor hat ein Satellitentel–. Was anderes –tioniert nicht. Die Straße ist zu und wir wiss–

Biep. Die Nachricht bricht ab. Der Anrufbeantworter blinkt schnell. Der Speicher ist voll. Nach dem Duschen stellt er die Lautstärke hoch und drückt auf die Pfeiltaste (abspielen). Er hört sich alle Nachrichten an, von Anfang bis Ende, während er am Küchentisch sitzt und in seinen Ohren Mattis Müsli dazu knirscht. Es knirscht so dumpf wie der Neuschnee in den Bergen unter den Sohlen. Bevor er die Wohnung verlässt, löscht er den Telefonspeicher. Die älteste Nachricht war fast zwei Jahre alt. Susannes Mutter fragte, wie der Urlaub in Kroatien war, und beschwerte sich, dass keiner sich bei ihr melden würde. Kurz ist er versucht, zum Hörer zu greifen, um die Schwiegermutter zu beruhigen und ihr zu sagen, dass die Strände in Kroatien schrecklich steinig sind und zum Liegen fast so schlecht für die Bandscheiben wie Rückbänke im Auto.

Draußen hat es aufgehört zu schneien und zu grieseln. Das Himmelsviereck über dem Hof wird heller. Vor der Garage von Winklers ist der Schnee schon geschmolzen. Er begutachtet die Ein- und Ausgänge zum Königinnenreich. Die Ameisen verstecken sich in ihrem schützenden, warmen Bau, keine lässt sich blicken.

Freilich, sagt er ins größte Loch hinein, ihr wusstet, dass es schneien wird. Ihr wusstet das längst. Wieso hört eigentlich niemand auf Ameisen? Man muss den Ameisen nur zuschauen und vertrauen, denkt er. So viele wohlkoordinierte Wesen zusammen können einfach nicht falsch liegen.

Hinter ihm tanzt Julia mit ihrer Puppe durch den Schneematsch. Sie drückt die Puppe in eine Babydecke gewickelt an sich. Die beiden hüpfen einen Kreis um den türkisfarbenen Mercedes, der langsam wieder Farbe annimmt. Danach hüpfen sie einen Kreis um den 240D.

Pfui, sagt das Mädchen, pfui, und stampft auf. Der Schneematsch spritzt nach allen Seiten.

Er fragt: Magst du keinen Schnee?

Ich bringe Otto Manieren bei, sagt Julia. Kinder brauchen Manieren. Pfui ist pfui und fein ist fein. Schimmel am Auto ist pfui. So wie an deinem. Papa sagt, ein Auto ist zum Fahren da. Nicht zum Verschimmelnlassen.

Er zeigt auf die Gummiprofile am Autofenster: Das ist kein Schimmel, das ist Moos.

Das Mädchen kommt neugierig näher: Moos? So wie im Wald? Kannst du drin im Auto auch Moos wachsen lassen?

Er senkt die Stimme: Ich wollte drin Himmelschlüssel züchten. Ich habe mal gehört, dass man mit Schlüsselblumen den Himmel aufschließen kann. Und die Herzen der verschlossensten Menschen.

Echt jetzt?, fragt Julia. Die kleine Stirn unterhalb der Mütze ist gerunzelt.

Er nickt: Du musst nur daran glauben.

Sie fährt mit dem Finger sanft über das Moos am Autofenster. Ich züchte auch Himmelschlüssel in meinem Puppenhaus, sagt sie, das wird fein, Otto. Komm!

Das gehört sich nicht, flüsterte seine Großmutter und zog die Nase hoch. Das gehört sich nicht, dass die Kinder vor den Eltern gehen.

Seine Großmutter drückte seine Hand kurz und fest. Ihre Hand war stark und warm.

Nein, das gehört sich nicht, wiederholte sein Großvater, ich hätte es ihr verbieten sollen.

Großmutter sagte: Sie hat nie auf dich gehört. Nicht mal bei den Männern. Oder siehst du hier etwa einen?

Großvater war noch faltiger im Gesicht als sonst und hielt seine andere Hand fest, als wäre er ein kleines Kind. Der Großvater ließ seine Hand auch nicht los, als er in hohem Bogen Weihwasser auf das Blumenmeer über dem Grab spritzte. Aus irgendeinem Grund waren die Blumen nicht farbig. Sie waren grau, mindestens ein Dutzend Töne waren es. Seine Augen verfolgten die Weihwassertropfen, die im hellen Himmel hängen blieben und mit ihm verschmolzen wie das Meer irgendwo in Italien mit dem Horizont.

Von La Spezia aus war er mit Susanne die Küste entlanggefahren, um den Strand zu suchen, an dem Himmel und Wasser zusammenwachsen. Weil er den Strand nicht fand, fuhren sie in die Berge, die gleich hinter der Küste steil anstiegen, um von oben hinunterzusehen. Es gab Haarnadeln statt Kurven. Um die Kurven polterten Laster mit Marmorblöcken den Berg hinab und drängelten die Autos an den Abgrund. Sie zweigten in einen Weg ab, der in einem Edelkastanienwald endete. Sie küssten sich, bis ihnen zu heiß wurde.

Das gehört sich aber nicht, raunte Susanne von einem Mund in den anderen, als seine Hand unter ihren Rock rutschte.

Susanne meinte es nicht so, doch der kühle Waldboden schon. Er wehrte sich mit stacheligen Kastanienschalen, die durch die dünnen Sommerstoffe stachen. Decke hatten sie keine dabei. Und in dem kleinen Fiat, den er gemietet hatte, war es Susanne zu eng. Also fuhren sie durch die Haarnadeln wieder meerwärts. Er hielt sich an die Bremslichter des Lasters vor ihm. Mehr sah er nicht im weißen Marmorstaub.

Er hätte Susanne und Matti verbieten sollen, in die Berge zu fahren. Er hätte Matti auf jeden Fall verbieten sollen, das Snowboard mitzunehmen bei diesen Schneeverhältnissen. Susanne hört allerdings nicht auf ihn und Matti wahrscheinlich auch nicht mehr. Er versucht, sich zu erinnern, wann er seinem Sohn zuletzt etwas verboten hat. Er muss eine Weile nachdenken. Im vorletzten

Winter zielte Matti auf die Weihnachtsbeleuchtung der damaligen Nachbarn. Über das Balkongeländer lief ein Rentier aus Leuchtschlangen. Santa Claus kletterte neben dem Balkon an einem Fallrohr hoch wie ein Dieb. Mattis schwerer, nasser Schneeball traf die Balkontür, die empört klirrte.

Schluss jetzt, sagte er und warf seinen letzten Schneeball. Er traf den Santa, dem die Mütze ausging.

Er nimmt eine Handvoll nassen Schneerest vom Autodach, formt einen Ball und wiegt ihn in der Hand. Er dreht sich im Hof um die eigene Achse und findet kein Ziel für den Ball. Dann knallt er ihn mit Wucht ans nächste Garagentor. Es scheppert dumpf. Der Schnee rutscht am sandfarbenen Blech entlang zu Boden und wischt ein wenig von der gründlichen Schweizer Chemie weg, die sogar in der Küche verwendet werden darf. Er formt einen zweiten Schneeball und zielt neben den anderen.

Als er im Winter mit dem Zug durch die Vorgärten und Vorstädte fuhr, fiel ihm erst auf, wie viele Rentiere und Weihnachtsmänner überall blinkten. Vom Zug aus versuchte er, durch die erleuchteten Fenster in die Leben der Menschen zu spähen, um herauszufinden, was die Leute am Christkind stört. Womöglich, dass keiner weiß, wie es aussieht, und man das Christkind deshalb nicht an ein Fallrohr hängen kann.

Er wirft den dritten Schneeball. Das Garagentor scheppert dumpf, darum hört er weder Frau Winkler noch ihre Tochter kommen.

Schluss jetzt, sagt Frau Winkler.

Ich auch!, ruft Julia und nimmt eine Handvoll Schnee vom türkisfarbenen Mercedes. Als sie werfen will, hält die Mutter den kleinen Arm fest. Am Garagentor rutschen die Reste des dritten Schneeballs herab.

Macht ihr mit beim Zielschießen?, fragt er. Es gibt leider keine Rentiere bei uns im Hof, auf die man zielen könnte.

Ich hab eins, ruft das Mädchen. Und es heißt nicht Rudi. Rate mal, wie es heißt.

Sei still, Julia, sagt Frau Winkler zu ihrer Tochter. Sie begutachtet das Garagentor, von dem die Farbe abblättert.

Er sagt: Der weiche Schnee macht dem Tor nichts.

Sie sagt: Bei meinem Mann hat es heute Morgen für einen ordentlichen Blechschaden gereicht.

Bestimmt wegen der Sommerreifen, meint er. Ihr Mann hätte besser auf die Ameisen hören sollen. Die Ameisen haben den Schnee vorhergesagt.

Echt jetzt?, fragt Julia. Sie will näher zur Garage und zum Ameisenloch daneben, die Hand der Mutter hält sie fest.

Ich möchte, dass Sie mein Kind in Ruhe lassen, sagt Frau Winkler. Himmelschlüssel züchten! Auf Ameisen hören! Sie sind ja nicht bei Trost! Ich möchte, dass Sie unsere Garage in Ruhe lassen. Und sagen Sie Ihren zwielichtigen Freunden, dass sie in unserem Hof nichts verloren haben. Da kriegen es die Kinder ja mit der Angst, wer sich hier alles herumtreibt.

Ich auch, sagt er. Ich auch.

Im Februar saß er im Regionalzug neben einem Werbeplakat. Es hing an der gläsernen Schwingtür, und jedes Mal, wenn jemand hindurchging und die Tür in seine Richtung drückte oder zog, las er ein Stückchen Text. „Werden Sie Teil unseres Teams." Der Boden im Zug war völlig verkrümelt. Er las: „Auch für Quereinsteiger." Einfach durchlässig werden, auch für den Dreck, dachte er. Beim nächsten Türschwingen las er weiter: „Qualifizierung zum Lokführer. Kurze Ausbildungszeit!" Draußen wirbelte der Zug trockene Blätter auf. Drinnen zog er den Mantel enger um sich. Er wollte nicht mehr durchlässig sein. Und er wollte nicht mehr mit kurz ausgebildeten Quereinsteigern, die vorne einen tonnenschweren Triebwagen lenkten, Zug fahren.

Im Abstellraum sucht er den kleinen Handstaubsauger, den er von Susannes Mutter für unterwegs geschenkt bekommen hatte. Hinter dem Schuhputzzeug entdeckt er das kleine Gerät. Der Akku ist leer, er steckt den Sauger an den Strom und sieht dem Lämpchen beim

Blinken zu, bis es vor den Augen zu blitzen beginnt. Er kneift die Augen zu und beißt in einen der neuseeländischen Äpfel. Er kann die Früchte nicht im Auto lagern. Kalte Äpfel tun an den Zähnen weh und schmecken nach nichts. Er wird nachher das Auto saugen. Es ist voller Krümel und Katzenhaare. Vielleicht will Susanne abends ja vorbeikommen. Wenn der Berg und der Schnee sie überhaupt hinunterlassen. Er hat deswegen sogar in der Küche Radio gehört und verstieß damit gegen Regel 2. In den Regionalnachrichten kam nichts von Straßensperren, und Niederschlag ist keiner mehr vorhergesagt. Er beißt noch einmal in den Apfel, mitten in seine rote Backe, kaut sorgfältig und schmeckt nur süßliches Wasser. Er spart sich die Vorwürfe und einen weiteren Verstoß gegen Regel 3. Wem soll er denn Vorwürfe machen? Die Lieferkette bis Neuseeland ist zu lang. Und Neuseeland ist ungefähr so weit weg wie die Aussichten, die er haben wollte, bis seine Familie wieder da ist.

Von der Hausecke sieht er weiter als 100 Schritte. Er sieht vorbei am Café-Bistro bis zum Supermarkt und am Supermarkt vorbei bis zur großen Kreuzung, an der eine Straße zum Stadtpark und die andere ins Zentrum abzweigen. Irgendetwas sieht man immer. Vorne an der Ampelkreuzung steht ein alter Mann im grauen Mantel. Ein Laster, der vorüberpoltert, verwirbelt dem Mann die Mantelschöße und die silbernen Strähnen auf dem Kopf.

Als die Autos stehen bleiben, schlurft der alte Mann eilig über die Kreuzung.

Er denkt: Ich breche den Stillstand endgültig, wenn ich jetzt losrenne. Über 100 Schritte sind zu viel. Das kann keiner von mir verlangen. Er denkt: Das ist nicht Herr Lichte, ich täusche mich. Da rennt er schon und denkt nicht mehr.

## 11.

Keiner macht sich die Mühe, den letzten Schnee vom Gehsteig zu schippen. Erst recht nicht im April. Die meisten beachten ihn gar nicht und warten darauf, dass er wegtaut. Seine Turnschuhe sind nass. Er hat nicht vorgehabt, die Hausecke, das Grundstück zu verlassen. Er hat nicht vorgehabt, durch den Schneematsch zu rennen. Nun rächt sich das wochenlange Stillsitzen. Das Herz schlägt ihm bis zum Hals, die Oberschenkel brennen, der Atem wird knapp. Die Fußgängerampel springt auf Rot. Sein Körper fühlt sich an, als wäre er in der Schwebe. Zur Sicherheit umarmt er die Ampelsäule. Susanne schafft es immer bei Grün über die Straße. Sie ist eine Meisterin im Abstimmen von Zeit und Geschwindigkeit. Als die Ampel auf Grün schaltet, geht er langsamer weiter. Schritt für Schritt tritt er den Stillstand in den Zebrastreifen.

Vor ihm liegt der Stadtpark, in dem Susanne täglich ihre Runden dreht. Hin und wieder ist er mitgelaufen, während Matti das Bad unter Dampf gesetzt hat, um seine Männchen ans Fenster zu malen. Längst hätte er seinen Sohn fragen sollen, wie es mit der neuen Mundsprache vorangeht. Und wie es mit dem Skateboardfahren läuft und in der Schule. Er sollte Matti fragen, wie es Matti geht. Er sollte Susanne fragen, wie es Susanne geht. Susanne am Berg. Matti im Schnee. Menschen gehen nicht so schnell verloren. Es könnte sein, dass er sich um die falschen Dinge Sorgen macht. Dass er sich selbst den Blick verstellt auf das, was wichtig wäre. Aber um sich selbst kommt man schlecht herum. Genauso wenig wie um das Atmen.

Im Park greift er eine Faust voll nassem Schnee von einer Bank und lässt das halb gefrorene Wasser in seinem ausgedörrten Mund schmelzen. Herr Lichte ist nirgends zu sehen. Er beschleunigt die Schritte, und diesmal fühlt es sich richtig an. Er rennt nicht nur wegen Herrn Lichte und seiner Demenz und wegen Frau Lichte und ihrem vorwurfsvollen Blick. Er rennt, weil er nicht mehr sitzen kann. Er rennt, weil er nicht mehr warten kann. Die kalte Luft sticht in der Lunge. Er ist also noch lebendig. Sitzen und warten, wie der Buchhändler in Bayreuth gesagt hatte, manchmal vertragen sie sich doch nicht.

Er fällt in einen gemäßigten Joggingschritt. Der Park trieft. Schneewasser tropft von Büschen und Bäumen. Die Wiese tarnt sich mit einem weißen Hauch. In der japanischen Pagode sitzt ein Penner und blättert in einer nicht mehr frischen Zeitung. Der Mann hebt zwei Finger oben an den Hut, den er nicht aufhat, und grüßt.

Er grüßt zurück. Der Penner trägt einen zotteligen Fellmantel, von dem sich das behaarte Gesicht kaum abhebt.

Nach der ersten Schlaufe durch den vorderen Teil des Parks macht er Pause und stützt sich auf seine Oberschenkel. Seine Schuhe sind durch und durch nass, er beginnt, die Kälte zu spüren. Er wird trotzdem nicht umkehren. Herr Lichte kann sich nicht in Luft aufgelöst haben. Hinter ihm brummt etwas. Es stinkt nach Stall.

Sie können einen ja erschrecken, sagt er zu dem Penner und weicht wegen des Stallgeruchs einen Schritt zur Seite.

Der Penner macht einen Schritt hinterher und legt den Finger an die Lippen. Vom Teich her klingt das Geräusch der Vögel. Enten quaken, Flügel schlagen aufs Wasser. Plötzlich packt ihn der Penner am Jackenärmel und zieht ihn mitten durchs Gebüsch. Zweige peitschen sein Gesicht. Er wehrt sich nicht dagegen, er ist erschöpft. Er wartet geduldig auf den nächsten Zweig, auf den nächsten Schlag. Es kommt keiner mehr, die Sträucher öffnen sich.

Am anderen Ende des Teichs steht Herr Lichte am abschüssigen Ufer und wirft aus einem Beutel kleine Brotstücke ins Wasser. Immer mehr Vögel versammeln sich vor dem alten Mann, flattern und trampeln über fremde Köpfe, Flügel, Rücken auf dem Weg zur Speisung. Herr Lichte lässt sie kommen, lockt sie mit einer weiteren Handvoll Brot. Und dann flattert er seinerseits wild mit den Armen. Die Vögel stieben auseinander, rudern mit Füßen und Flügeln über den Teich und über die Kameraden davon und bringen sich in Sicherheit. Herr Lichte lacht. Der Penner grunzt anerkennend und verschwindet im Gebüsch.

Vorsichtig Schritt vor Schritt setzend stapft er auf dem glitschigen Pfad um den Teich herum. Der Himmel reißt auf und lässt eine blendende Frühlingssonne entkommen. Ein Strahl trifft auf die silbernen Strähnen von Herrn Lichte, der nicht überrascht scheint, ihn zu sehen.

Sie sind wieder zu spät, Mann, ruft ihm der alte Mann entgegen, es ist Zeit umzukehren.

Entschuldigung, sagt er, ich habe Sie nicht gleich gefunden.

Er greift nach Herrn Lichtes Ellbogen, um ihm vom morastigen Ufer hochzuhelfen. Da verlieren sie beide das Gleichgewicht.

Dr. Hoffmann machte sein pfeifendes Geräusch und sagte: Was für ein Reinfall. Da habe ich mir mehr davon versprochen. Waldbaden, haben Sie schon davon gehört? Sie tauchen ein in die Stämme, ins Grün, ins Braun, in den Geruch, in die Stille, in sich.

Er hatte Dr. Hoffmann angerufen, um ihm von den Schneebällen am Garagentor zu erzählen und davon, wie gut ihm die Schneebälle getan hatten. Der eisige

Ball in der Hand, sein Scheppern am Blechtor, das leise schabende Geräusch, als der Schnee am Blech herunterrutschte. Ganz leicht hatte er sich gefühlt und aus einem Stück. Den ganzen Winter über hatte er sich nicht aus einem Stück gefühlt und nun fragte er sich, was ein oder zwei oder drei Schneebälle da ausmachen konnten.

Was für ein Reinfall, wiederholte Dr. Hoffmann. Aber im Harz fangen die Himmelschlüssel schon an zu blühen.

Er hatte auf einmal Mitleid mit Dr. Hoffmann, der weit gefahren und gelaufen war, um im Wald zu baden und sich zu erholen. Er hatte auch Mitleid mit dem Wald, der nichts dafürkonnte, weil er gewiss niemanden eingeladen hatte, in ihm zu baden. Er wollte Dr. Hoffmann sagen, dass ein Wald eben ein Wald bleibe, also stets leicht abweisend und spröde. Stattdessen fragte er: Haben die Himmelschlüssel Ihnen nicht das Herz geöffnet?

Dr. Hoffmann meinte, Waldbaden sei in Japan medizinisch anerkannt. Als Prophylaxe für Herz, Kreislauf und Psyche. Und er habe einen anstrengenden Beruf. Wie solle man bitte im Wald abtauchen, wenn man vor lauter Leuten den Wald nicht mehr sehe?

Er stellte sich vor, wie Dr. Hoffmann im grünen Gewand auf einem moosig grünen Baumstumpf im Wald saß und dabei war, eins zu werden mit der Natur. Der Baumstumpf wurzelte zwischen lauter hohen, geraden Stämmen. Veränderte man die Perspektive leicht, fingen die Stämme an, sich zu bewegen. Sie wurden lebendig.

Aber das ist gar nicht das Schlimmste, sagte Dr. Hoffmann. Es sind nicht die Leute in ihren leuchtend bunten Freizeitjacken. Es ist die falsch verstandene Höflichkeit und diese Kumpanei, sobald man die geteerten Straßen und Plätze verlassen hat. Im japanischen Wald ignoriert man einander. Man schweigt, verneigt sich in Andeutung, wenn überhaupt, und geht seiner Wege. Und bei uns? Im Harz grüßt jeder und will reden. Ich weiß gar nicht, wo geschrieben steht, dass in der Natur alle leutselig und per Du sein müssen. Nein, die meisten haben den Wald nicht verstanden. Würden Sie denn dafür in den Wald gehen? Um dort weiterzureden?

Als sie nebeneinander auf ihr Wohnhaus zugehen, sind Herr Lichte und er den gesamten Weg vom Stadtpark bis hierher von keinem einzigen Menschen gegrüßt oder angesprochen worden. Keiner wagt es, zwei schweigsame Männer in schlammiger Kleidung zu stören. Am Gehsteig vor dem Haus parkt ein dunkelgrüner Volvo SUV. Auf dem Autodach liegt ein Rest Schnee, der in der Sonne schmilzt. Auf keinem anderen Autodach liegt Schnee. Er blickt hinauf zum blauen Himmel, der fallweise doch etwas dafürkann, und bedankt sich.

Warst du wieder im Park, sagt Frau Lichte, als sie die Tür öffnet.

Herr Lichte sagt nichts.

Er selbst hätte jetzt etwas von kaputten Sicherheitsschlössern erzählen können, etwas von Aufmerksamkeit und sogar von Dankbarkeit. Er hält lieber den Mund. Seine Füße sind nass und kalt.

Herr Lichte nimmt Haltung an. Bis zum nächsten Manöver, murmelt er.

Frau Lichte fasst ihren Mann am Ellbogen und lotst ihn in die Wohnung. Mit der anderen Hand holt sie einen Blümchenteller von einer Ablage neben der Tür: Das ist nicht meiner, Herr Busch, Sie müssen ihn verwechselt haben. Mein Teller hat einen Goldrand. Dieser hier ist ja völlig verblasst.

Du musst das Leben anpacken, sagte sein Großvater, sonst packt es eines Tages dich.

Lass es auf dich zukommen, sagte seine Großmutter, sonst wird nichts Gescheites draus.

In der Wohnung läuft er von einem Zimmer ins andere und sucht nach Anzeichen der Rückkehr seiner Familie. Nichts. Er hat heute schon Regel 2 (alle Eigenbewegung auf das Nötige und Wichtige reduzieren) so massiv unterlaufen, dass er die Regel eigentlich streichen könnte. Die Vorwürfe (Regel 3) spart er sich, er müsste zu viele darin einbeziehen. Susanne und Matti, die sich ständig entziehen. Frau Lichte, die es nicht schafft, das

Sicherheitsschloss an ihrer Tür reparieren zu lassen. Herr Lichte, der ihn hinunter in den Morast gezogen hat. Nur Günter möchte er auf keinen Fall einbeziehen. In rein gar nichts. Nicht einmal in seine Vorwürfe.

Wo steckt ihr alle?, sagt er zur Leere der Wohnung. Die Wohnung schweigt.

Er wird das Leben nun anpacken und Ausschau nach seiner Familie halten. Als er am Garderobenspiegel vorbeikommt, schaut ihn ein blasser Mann an, der vor Dreck steht. Die Hose ist voller Schlamm. An einem Knie klebt eine Feder. Statt des rechten Auges hat er ein gelbes Post-it mit Kussmund drauf im Gesicht. Er rupft Susannes rote Lippen vom Spiegel, falls fremde Männer demnächst die Wohnung betreten sollten. Ein Kuss ist im Grunde eine sehr private Angelegenheit, gerade einer auf Papier.

Im Bad zieht er sich nackt aus, wirft seine Kleidung in die Waschmaschine und dreht das Wasser in der Dusche ganz heiß auf. Als das Fenster beschlagt, schreibt er HALLO MATTI, HALLO SUSAN an die Scheibe, das Post-it klebt er darüber. Der Kuss schwebt einsam oben am nebeligen Fensterhimmel. Er hält sein Gesicht unters Wasser und versucht sich vorzustellen, wie es aussah im Spiegel. Er erinnert sich an den Kusszettel, an die dreckigen Hosen, die verschmierten Hände. Er erinnert sich an kein Gesicht.

So fängt sie an, die Auflösung, flüstert er den heißen Wassernadeln zu. Da-Sein allein wird nicht reichen.

Im Fasching stand er am Bahnsteig einer Kleinstadt, und der Zug kam nicht. Ein Mann rannte die Treppe hoch. Er trug ein verknittertes Holzfällerhemd. Auf dem Arm hielt der Holzfäller eine himmelblaue Prinzessin. Die grub ihre blonden Locken in den Hemdkragen, ihr Diadem stach dem Mann in den Hals. Er ging, mit dem Mädchen im Arm, auf dem Bahnsteig weit nach hinten. Gemeinsam sahen die beiden dem Zug entgegen, der nicht kam. Das Prinzessinnenkleid funkelte in der kalten Sonne. Erst jetzt fiel ihm auf, wie dünn und nackt die Mädchenarme waren, die von der Kälte hellblau gefärbt wurden wie das Kleid. Der Mann trat an die Bahnsteigkante, weit über die weiße Linie. Alle anderen am Bahnsteig trugen Wintermäntel. Keiner der Wintermäntel schien sich über den Mann im Hemd und die Prinzessin mit den nackten Armen zu wundern. Keiner ermahnte die beiden, hinter die weiße Sicherheitslinie zurückzutreten. Er hat die Prinzessin entführt, dachte er.

In der Ferne war der Regionalexpress zu hören. Der Mann trat nicht von der Bahnsteigkante zurück. Das Diadem funkelte. Er schloss die Augen. Hinter dem Quietschen der Zugbremsen stahl sich ein helles Mädchenlachen hervor. Langsam ließ er die Luft, die er angehalten hatte, aus seinen Lungen entweichen. Der Mann und das Mädchen stiegen in den letzten Waggon. Was du immer denkst, was du immer gleich denkst, dachte er.

Er sagte: Ich werde mich nicht gleich vor den Zug werfen.

Bentheimer sagte: Du bist ein Arschloch.

Sie saßen im Vertriebsbüro. Von den Neonröhren an der Decke hingen Papierschlangen. Auf den Tischen standen Flaschen, Sekt- und Biergläser. Sie hinterließen klebrige Ringe. Aus dem Konferenzzimmer nebenan plärrte die Musikanlage. Die halbe Belegschaft sang mit.

Bentheimer zog sich den Schweinerüssel von der Nase: Wenn die etwas hier können, ist das Faschingsparty. Du wirst unsere Partys vermissen, gib es zu. (Bentheimer hob sein Bierglas.) Ich werde dich vermissen, Busch, ich werde dich vermissen, ehrlich. Auch wenn ich's verstehe, dass man dem Laden hier kündigt. Was sag ich, ich find's sogar gut.

Er sagte: Einvernehmlich. Wir haben uns auf einvernehmlich geeinigt.

Bentheimer zog ihn am Ärmel des weißen Gewands, das er sich im Kostümverleih geholt hatte: Als was gehst du denn? Als Cäsar?

Sokrates, sagte er, die kaiserlichen Lorbeerkränze waren alle schon weg. Den Bart kann ich leider nicht tragen. Davon bekomme ich sofort Ausschlag.

Bentheimer wischte sich mit beiden Händen übers Gesicht und setzte seinen rosa Gummirüssel auf: Wusstest du, dass die Bentheimer Schweine vom Aussterben bedroht sind? So eine alte Rasse. So eine schöne Rasse. Wunderschön mit ihren Flecken. Busch, wir beide sind Bunte Bentheimer Schweine. Solche wie wir, die sterben aus. (Bentheimer beugte sich weit über den Tisch.) Viel zu durchzogen für Zeiten, in denen alles möglichst mager sein soll. Aber ich frage mich: Wo bleibt da die Lust? Was isst die Seele? Immer bloß Effizienz und Gewinn? Also, wenn das der ganze Sinn ist. Prost Mahlzeit.

Am Schluss mochte er Bentheimer wirklich.

Er klebt das feuchte Post-it mit Susannes Kussmund zurück auf den Garderobenspiegel. Unübersehbar genau in die Mitte des Spiegels. Als deutliche Botschaft, falls fremde Männer demnächst die Wohnung betreten sollten, und um seine eigene Seele ein wenig zu füttern. Er hat sie wohl genauso verkümmern lassen wie die Geduld seiner Familie. Da fällt ihm die Aussicht wieder ein, die er haben wollte, bis Susanne und Matti nach Hause kommen. Immerhin war er im Stadtpark. Der Stillstand hat Risse. Ach was, denkt er, richtige Gletscherspalten hat er mittlerweile.

Im Abstellraum wählt er die Joggingschuhe. Ihre Sohlen verleihen Auftrieb. Sie machen ihn drei Zentimeter größer, was ein Gewinn von immerhin 1,7 Prozent ist, sofern man nur 175 Zentimeter misst. Günter überragt ihn ein Stück. Das ist ihm in der Schule nie aufgefallen. Günter könnte erst nach dem Abitur gewachsen sein. Das soll vorkommen. Oder seine Größe ist damals wie

Günter selbst hinter seiner blassen, pummeligen Unauffälligkeit verschwunden.

Als er die Schuhe bindet, sieht er in der Ecke ein grünes Lämpchen leuchten. Er nimmt den Handstaubsauger vom Stecker und geht hinunter in den Hof und vor zur Hausecke, um Ausschau nach Matti und Susanne zu halten. Der Volvo steht da wie zuvor. Der Schnee am Dach ist geschmolzen. Auf dem Gehsteig ist eine Frau mit Hund unterwegs. Der Hund knurrt ihn an. Als Antwort lässt er den kleinen Staubsauger kurz aufjaulen. Der Hund winselt, die Frau macht ein gelangweiltes Gesicht. Er dreht um und zieht sich in sein Auto zurück. Vielleicht wird Susanne das dunkle Haar später ja über die Schultern herabfallen und er kann sein Gesicht darin vergraben. Dann kann er sein Gesicht wenigstens spüren am seidig-kühlen Widerstand der Haare, wenn er es schon nicht im Spiegel erkennt. Und dann wird er das Leben mit beiden Händen anpacken.

# 12.

Er glaubt, dass nach einer späten Wintereskapade der Frühling nicht mehr aufzuhalten ist. Ob er noch an die Wettervorhersage glauben soll, weiß er nicht, dafür scheint sie ihm zu unzuverlässig. Er glaubt jedoch an den Widerstand der Ameisen, die ihre ersten Späher bereits wieder aus dem unterirdischen Königinnenreich ans Licht der Welt geschickt haben. Sie erkunden eine neue Route seitlich über die Garagenmauer und meiden das vergiftete Blechtor. Ameisen finden eben immer einen Weg.

Sitzen und sein, mein Freund. Das hätte ich dir gar nicht zugetraut, sagte Günter ziemlich laut.

Er versuchte, halb im Auto und halb draußen, den kleinen Staubsauger abzuschalten. Das Gerät reagierte nicht.

Währenddessen legte Günter die Handflächen vor der Brust aneinander und neigte den Kopf: Einfach sitzen und einfach sein, das kann nicht jeder, das ist groß, richtig groß. Alle Achtung! Und du sitzt tatsächlich die meiste Zeit hier im Auto?

Der Staubsauger ging endlich aus. Er warf ihn in den Wagen und umarmte Matti vor lauter Freude, dass der Berg und der Schnee seinen Sohn unbeschadet wieder hergegeben hatten. Sie waren noch im Café-Bistro gewesen, auf Cola und Kaffee. Susanne hielt ihm die Wange zum Kuss hin, und da sah er, dass ihre Reisetasche schwer an Günters Schulter hing. Er streckte seine Hand danach aus, Günter lachte und hielt den Riemen fest.

Matti fand es schade, dass sie nicht eingeschneit wurden auf der Hütte. Und ebenso schade, dass Silvie wegen des Schnees nicht mehr nachkommen konnte. Stell dir vor, Paps, sagte Matti, Gregors Schwester war Jugendmeisterin im Snowboarden.

Er wandte sich an Günter: Silvie ist gar nicht deine Frau? Silvie ist deine Schwester?

Sitzen und sein, sagte Günter, das sei die hohe Yogikunst. Sich freimachen von Zwängen, von unnötigen Gedanken, von allen Vorurteilen, sich freimachen von sich selbst. Das würden viele nach jahrelanger Übung nicht schaffen.

Es geht um den Stillstand, sagte er. Sein Hintern begann zu surren, obwohl er kaum darauf gesessen hatte. Es surrte im After, den Darm und die Wirbelsäule entlang bis hinauf ins Hirn.

Die Leichtigkeit wiedergewinnen, darum gehe es doch, meinte Günter und warf den Autoschlüssel in den lichten Himmel, wo der Schlüssel glitzerte wie ein riesiger Wassertropfen, der gerade die Schwerkraft austrickste.

Er wartete darauf, dass der Himmel sich auftat und den Schlüssel zur Strafe für so viel Leichtigkeit verschluckte, aber Matti sprang hoch und fing ihn auf.

Er dachte: Ich glaube an die Schwerkraft und ihren Nutzen für die Menschheit. Zumindest das hatte ihn der Stillstand bisher gelehrt.

Später saßen sie zu dritt am Esstisch, wie es sich gehörte für eine kleine Familie, und drehten scharfe Spaghetti um ihre Gabeln. Auf einmal konnte er sich gar nicht mehr vorstellen, dass diese Küche an manchen Tagen so leer gewesen war, dass er Espressotassen und Müslischalen aufstellen musste. Matti schwärmte vom Schnee und seinem Board, das lief wie Bombe. Und er war froh, nicht dabei gewesen zu sein. Susanne berichtete nichts vom Berg und nichts aus der einfachen, bequemen Hütte.

Sie sagte: Der Wirt vom Café-Bistro hat sofort gesehen, dass Matti mit dir verwandt sein muss. Ich wusste gar nicht, dass du dort öfter –

Markus hat so ein cooles Tattoo, rief Matti dazwischen und zeigte auf seinen Oberarm: Totenkopf.

Er steckte sich eine Gabel Nudeln in den Mund und überlegte, ob er dieses Tattoo schon gesehen hatte. Er erinnerte sich nicht, obwohl Markus hinter der Theke gewöhnlich ein T-Shirt trägt.

Markus hat gesagt, du wirst ihm den Mercedes verkaufen, meinte Matti.

Er sagte: Ach, hat er, und atmete aus Versehen die scharfe Sauce ein.

Matti hielt ihm hilflos ein Glas Wasser hin. Susanne klopfte kräftig zwischen seine Schulterblätter.

Als der Hustenanfall vorüber war, fragte sie: Wo bist du vorher denn gewesen? Im Auto jedenfalls nicht.

Stadtpark, krächzte er mit spröder Stimme, Herr Lichte hat sich verlaufen.

Im Stadtpark?, sagte Susanne. Herr Lichte füttert dort öfter die Vögel.

Im Stockdunkeln zählt er endlich die Löcher im Autohimmel weiter. Der Kegel der Taschenlampe ist besser zum Zählen als der Bleistift. Das scharf umrandete Licht hat etwas Tröstliches, fast wie das verheißungsvolle Licht am Ende eines langen Tunnels. Im Moment kann er sich sogar vorstellen, das Auto zu verkaufen. Oder zu verschenken. Vielleicht würde er sich leichter fühlen. Es könnte ein Anfang sein. Weil er außer an den Zauber von Anfängen auch an den Reiz von Wiederholungen und an die Liebe glaubt, lässt er sich unendlich viel Zeit beim Löcherzählen. Und weil er sich nicht konzentriert, sondern lauscht, ob Susanne die Haustür aufdrückt, um ihn zu besuchen, verzählt er sich ständig und muss mehrmals von vorne anfangen. Die Zwischensummen schreibt er auf die gelben Post-its, die am Himmel kleben.

Am Ende hat er 1036 Löcher gezählt, die er sehr zu schätzen weiß. Genauso wie das Licht der Taschenlampe in der Nacht. In ihrem klaren Schein kann er sich beim besten Willen nicht vorstellen, dass seine Wahrnehmung Löcher hat. Löcher, in denen Tattoos unsichtbar werden. Löcher, durch die Leute in den Hof kommen und aus dem Hof gehen, ohne dass er es bemerkt. Herr Lichte zum Beispiel oder Susanne und Matti. Er muss in Betracht ziehen, dass es sich bei all dem lediglich um die Spitze eines Eisbergs handelt, dessen wahre Ausmaße ihm völlig entgehen. Und wo ein Eisberg abgebrochen ist und sich auf den Weg gemacht hat, über oder unter der Wasseroberfläche, könnten noch andere sein. Größere, kleinere, von denen er ebenfalls nicht mehr sehen wird als die eisige Spitze. Wenn überhaupt.

Regel 7: *Eisberge erkennen lernen.* Wichtig, um Kollisionen zu vermeiden.

Nachts saß er bei Bentheimer im Auto und fühlte sich unwohl. Sie fuhren durch Niedersachsen, das wusste er. Die Straßen waren schlecht, das Auto war schnell unterwegs. Kalter Schweiß bildete einen eisigen Film auf seiner Haut. Er bereute es, eingestiegen zu sein und ausgerechnet mit Bentheimer durch Niedersachsens Wälder und Äcker zu fahren. Er vergewisserte sich kurz, ob wirklich Bentheimer neben ihm saß. Es war so ungewöhnlich still an seiner Seite.

Da sagte Bentheimer: Du willst doch auch herausfinden, was Seelen essen. Hier, schau dich um. Hier gibt es alles, was sie brauchen.

Bentheimer drückte auf einen Knopf in der Mittelkonsole. Das Wagenfenster machte Klopfgeräusche, als es sich senkte. Ein Schwall kalter Luft füllte das Auto. Er sah absolut nichts.

Manchmal ist die Zeit ein kalter Hauch. Er kommt von der kühlen Aprilnacht, die jemand ins Wageninnere lässt. Als er ein paarmal blinzelt, sieht er im Dunkeln etwas metallisch glitzern. Von den Straßenlaternen vor dem Haus rutscht ein Lichtstreif durch den Durchgang bis in den Hof und zu seinem Auto. Der Lichtstreif verfängt sich in dem Ohrring, den Markus hin und her dreht.

Es ist mitten in der Nacht, sagt er verschlafen.

Es ist nicht so spät, sagt Markus, erst halb eins. (Pause.) Gitti ist nicht nach Hause gekommen. Es ist wegen ihm. Der Typ aus Mallorca. Kann ich bei dir im Auto ein bisschen nachdenken?

Ein Bier später weiß er, dass der Typ aus Mallorca erstaunlicherweise Jörg heißt, gestern hier ankam und nun den ganzen Tag mit Gitti zusammen ist. Zwei Bier später wissen Markus und er immer noch nicht, was in so einer Situation am besten zu tun wäre. Nach dem dritten Bier schnarcht Markus unregelmäßig auf dem zurückgelegten Beifahrersitz.

Ein Mann und ein Auto. Was gibt es Besseres, sagte Bentheimer einmal.

Zwei Männer im Auto sind einer zu viel, denkt er und schleicht sich davon. Im Treppenhaus stolpert er. Vor Winklers Tür liegt ein kleiner Gummistiefel im Weg. Die Wohnungstür im dritten Stock klackt leise auf und wieder ins Schloss. Er muss dringend aufs Klo und dafür an den Schlafzimmern vorbei. Mit der Hand an der Wand tastet er sich voran. Er mag kein Licht machen. Auf der Toilette bleibt er sitzen, bis im Spülkasten das Wasser vollständig nachgelaufen ist. In der Nacht gluckst es lauter als sonst, findet er. Vorsichtig tappt er durch den finsteren Flur zurück. Da geht das Licht an. Susanne steht vor dem Schlafzimmer. Sie hat sich schräg in die blau-goldene Überdecke gewickelt wie in eine Toga. Das Gold reflektiert das Licht und blendet ihn, dann sieht er: Susanne hält ein dickes, großes Buch in der erhobenen Hand, ein Lexikon der Typografie. Sie ist blass, das Haar leicht zerzaust (was er sehr mag).

Du hast Nerven, flüstert sie und lässt das Buch sinken. Ich dachte, es bricht einer ein.

Entschuldige, sagt er. Er versucht, Susanne zu umarmen und ihre nackte Schulter zu küssen. Das Lexikon, mit dem sie den Einbrecher erschlagen wollte, drückt gegen seinen Magen.

Es ist mitten in der Nacht, sagt Susanne.

Es ist nicht so spät, sagt er.

Susanne reibt sich die Stirn: Ich bin müde.

Ist es wegen ihm?, fragt er.

Wegen ihm?, wiederholt Susanne.

Günter, sagt er.

Gregor?, fragt Susanne. Das ist nicht dein Ernst. Das glaubst du? So etwas glaubst du von mir?

Sie löscht das Licht und lässt ihn stehen.

Meiner Seel, hört er seine Frau im Dunkeln flüstern. Meiner Seel.

Die Schlafzimmertür schließt sich so leise hinter ihr, dass es wehtut.

Meiner Seel, flüstert er und setzt sich auf der Stelle hin, weil er sich so schwach und mutlos fühlt. Meiner Seel. Seine Großmutter hatte das gesagt, zuletzt als er ihr erzählte, dass er heiraten würde. Damals fühlte er sich stark und voller Mut.

Zwei Buchgeschäfte nebeneinander sind eines zu viel, sagte die Buchhändlerin in Hof. Sie zeigte aus dem Schaufenster auf die Großbaustelle gegenüber, wo Thalia eine neue Filiale errichtete. Keiner ihrer Mitarbeiter oder Kunden habe sich getraut, ihr das zu sagen. In den ganzen zehn Wochen nicht, in denen sie im Sanatorium gewesen sei. Sie fand das feige.

Er traute sich nicht zu fragen, warum sie im Sanatorium war. Er war auch feige.

Die Buchhändlerin meinte, sie würde vermutlich auswandern und hielt ihm in einer Schale kleine Schokoladenstücke hin. Mutkakao, sagte sie. Ihr Bruder habe eine Plantage in Costa Rica. Der wolle schon lange, dass sie zu ihm ziehe. Wegen des Klimas, gut für die Lungen, und wegen des Kakaos. Er solle ruhig zugreifen, diese Schokolade helfe wirklich gegen alles: mangelnde Fantasie, Impotenz, Hustenreiz, Mutlosigkeit. Wenn er möge, könne sie ihm eine besondere Auswahl davon zuschicken lassen.

Auf dem Weg nach Hause saß er auf einer Raststätten-Terrasse an der Autobahn und trank Kaffee. Der Lärm der fahrenden Autos und Lastwagen brandete in Wellen herüber und brach sich an der Glasscheibe zwischen Parkplatz und Terrasse. Vögel aus schwarzer Kunststofffolie klebten am Glas. Ihre Flügel lösten sich teils ab, und bald würde der erste von ihnen bei Sturm davonfliegen. Er beneidete den Vogel ein wenig. Er ließ probeweise den Kaffeebecher los, an dem er sich festgehalten hatte, und hob die Ellbogen hoch. Nichts passierte. Der Wind war zu schwach. Er hielt wieder den Becher fest, um dem Kaffee darin mitzuteilen, dass er nicht schuld sei an den Krämpfen in seinem Magen. Die kamen von der Distanz, von der Geschwindigkeit, von der Autofahrt, die es zu überwinden galt. Offenbar hatte er zu wenig von dem Mutkakao gegessen. Er schickte Susanne eine SMS, dass es spät würde. Der

Weg über die Dörfer und Landstraßen dauerte doppelt so lang.

Vor einigen Wochen saß er ebenfalls auf einer Terrasse neben schwarzen Folienvögeln. Die Terrasse gehört zur Kantine des Verlags, wo seine Kollegen Fortbildung hatten. Der Vertriebsleiter hatte ihm freigestellt, daran teilzunehmen. Es war Ende Februar, seine letzte Arbeitswoche, er würde keine Bücher mehr verkaufen gehen und hielt sein Gesicht lieber in die vorwitzige Spätwintersonne. Das grelle Licht blendete ihn, er drehte seinen Stuhl um. Nun hatte er die Sonne im Rücken und betrachtete sich in den bodenlangen Glasscheiben der Kantine: ein großer, plumper Vogel zwischen den eleganten, zierlichen Raubvögeln, die am Glas schwebten. Dahinter war die Kantine nicht mehr grau-orange wie früher, sondern waldgrün und gelb. Eine Angestellte wischte gerade die moosfarbigen Tische ab. Die Frau sah ihn nicht vor den Fenstern sitzen und erschrak, als er seine Arme in den weiten Mantelärmeln hob, um Flügel zu spannen wie die Vögel am Glas. Die Frau schüttelte drohend den Putzlappen gegen ihn und ging hinter der Essensausgabe in Deckung.

Er rückte seinen Stuhl seitlich zurecht, bog die Beine darunter und drückte die Schirmmütze tief in die Stirn. Er versuchte, die Silhouette eines sitzenden Raubvogels nachzuahmen. Als er mit seiner Erhabenheit zufrieden war, entdeckte er seine Kollegen hinter der Scheibe. Sie setzten sich zu Mittag. Der Kollege aus Hamburg, der Kollege aus Hessen, der Kollege aus Berlin und zwei fremde Gesichter. Bentheimer war nirgends zu sehen. Gelegentlich wandte einer der Männer kurz den Kopf vom Teller in seine Richtung. Keiner winkte ihn herein an den Tisch oder grüßte hinaus auf die Terrasse.

Sie werden Sie am Ende behandeln wie einen Aussätzigen, hatte der Vertriebsleiter gesagt. Nehmen Sie das nicht persönlich, Herr Busch. Das ist menschlich, dass einem solche Übergänge nicht geheuer sind. Finden Sie nicht? Der Mensch strebt im Grunde genommen nach Klarheit und Eindeutigkeit.

Als es hell wird, erwacht er auf der Couch im Wohnzimmer. Er nimmt sich vor, nachher Dr. Hoffmann anzurufen und ihm von der waldmoosgrünen Kantine zu erzählen. Vielleicht finden Sie dort, was Sie im Harz vergeblich gesucht haben, würde er zu seinem Psychiater sagen. Ruhiger wäre es auf jeden Fall, weil die Raubvögel und die neue Farbgebung viele abschrecken. Am besten zwischen neun und elf am Vormittag, da sei die Kantine leer. Er müsste Dr. Hoffmann außerdem berichten, dass er gestern die 100-Schritte-Grenze außerordentlich überschritten und nicht im Auto, sondern in der Wohnung geschlafen habe. Und dass sich beides weder eindeutig fremd noch klar vertraut angefühlt habe.

In der Wohnung ist es still. Er kocht Tee und setzt sich auf die Fensterbank in der Küche, wo er das Auto und Markus im Blick hat. Etwas Befremdliches im Augenwinkel stört ihn. Es ist eine grüne Männerjacke. Sie hängt über dem Stuhl, auf dem gewöhnlich er am Tisch sitzt. Die Jacke kommt ihm bekannt vor. Günter, denkt er, Günter, du Fuchs! Alle Achtung. Der Fuchs markiert sein begehrtes Revier, er hinterlässt eine Losung, um bald wiederzukommen. Egal, wer die Jacke hierher gehängt hat (Susanne wahrscheinlich), Füchse mochte er noch nie. Er nimmt die Jacke mit zwei Fingern vom Stuhl, schlüpft in seine Schuhe und verlässt die Wohnung.

Im zweiten Stock trifft er Frau Winkler. Sie hat Walkingstöcke unter die Achsel geklemmt und schließt eine hellblau schillernde Windjacke über der Brust.

Guten Morgen, sagt er, der Frühling kommt. (Er hält die grüne Wolljacke hoch.) Zeit zum Ausmisten.

Die Haustür schabt leise über den Steinboden, als er sie für Frau Winkler aufhält.

Guten Morgen, ruft Markus zu ihnen herüber. Sein Kopf, die durchtrainierten Schultern und die Beine sind bereits draußen im Hof. Markus fasst mit beiden Händen um seinen Kopf und verdreht ihn ruckartig. Das Knacken der Halswirbel klingt wie bei einer Hinrichtung.

Jetzt geht es besser, sagt Markus. Auf seinem nackten Oberarm leuchtet ein rot-schwarzes Totenkopftattoo in der Morgensonne.

Frau Winkler schaut von ihm zu Markus: Sie wollten doch ausmisten, Herr Busch.

Dann biegt das Klackern ihrer Stöcke um die Ecke.

Was war das denn für ein Eisberg?, fragt Markus.

# 13.

Der Himmel ist fast makellos. Selbst durch das Dachfenster betrachtet hat er nur kleine Schrammen. Im Auto brummt eine fette Fliege, sie bumst innen an die Frontscheibe. Ihr Körper schillert in vielen Farben. Er will sie mit der Hand zum offenen Fenster hinauswedeln. Die Fliege weicht aus und lässt sich nieder. Sie spaziert ungeniert über den freien Platz, den der ausgebaute Fahrersitz hinterlassen hat. Susanne ekelt sich vor solchen Fliegen. Er tritt nach dem Insekt. Die Fliege ist schneller, surrt verärgert und versteckt sich unter dem Beifahrersitz. Er überlegt, ob Susanne sich manchmal auch vor ihm ekelt. In letzter Zeit hat er einen komischen Geschmack im Mund. Der Geschmack könnte von der Magenverstimmung kommen. Oder vom unregelmäßigen Essen. In einem Diätratgeber des Verlags hat er gelesen, dass der Stoffwechsel beim Abnehmen aus dem Gleichgewicht komme. Und dass das ein gutes Zeichen sei. Er blickt auf seinen Bauch unter dem Pullover. Seit er still im Auto sitzt und nicht mehr damit durchs Land fährt, wird sein Bauch kleiner. Er könnte sich darüber freuen, dass er abgenommen hat. Und das sogar ohne Diät. Allerdings sollte er aufpassen, dass er nicht vollständig verschwindet.

Unter ihm brummt die Fliege. Er kniet sich in den Fußraum und fuchtelt mit der Hand unter dem Sitz herum. Die Fliege schießt ihm entgegen, mitten ins Gesicht. Als er ihr ausweichen will, schlägt er mit der Schulter ans Handschuhfach, das seit Jahren klemmt. Der Deckel springt auf, das Fach ergießt einen Teil seiner Ladung ins Auto: zerknickte Wagenpapiere, Musikkassetten, ein Erste-Hilfe-Set (abgelaufen), eine Wackelpostkarte von der Nordsee und einen Wick-Inhalierstift. Er schnüffelt daran. Das Menthol sticht nach Jahren noch in Nase und Stirn. Die Postkarte vom stürmischen Urlaub an der See lehnt er an die Windschutzscheibe. Matti hatte sie ausgesucht. Der schwere Straßenatlas, ein paar Kassetten und sein Zigarettenetui mit zwei Selbstgedrehten sind im Fach liegen geblieben. Der vertrocknete Tabak duftet entfernt nach früher.

Als Matti vorbeikommt, spielen sie drei Runden Fingerball. Matti findet die Postkarte mit den Fischerbooten kitschig. Er nimmt die Karte in die Hand und wackelt sie vor seinem Sohn hin und her. Bunte Fischerboote einmal müde auf der Seite liegend am Strand, ein andermal aufrecht schaukelnd im Wasser, je nach Kipprichtung. Matti erinnert sich nicht an den

Urlaub und nicht daran, dass er die Karte ausgesucht hat. Matti wischt auf seinem Handy herum. Es ist das alte von Susanne. Sie hat sich ein neues gekauft und nicht nach seiner Meinung gefragt, ob ihr gemeinsamer, zehnjähriger Sohn reif genug für ein Smartphone sei. Ihre neue Nummer hat Susanne auf ein Post-it notiert und oben an den Garderobenspiegel gepickt. Statt dem Zettel mit dem Kussmund. Er ist über Nacht verschwunden.

Matti gewinnt alle drei Spiele, obwohl das Handy zweimal summt und ihn ablenkt. Er müsse gleich los zu Simon, meint Matti, und Susan habe länger im Büro zu tun.

Heute ist doch Samstag, sagt er.

Matti steigt aus. Die Fliege surrt hoch und bumst innen an die Windschutzscheibe.

Wie wird denn das Wetter?, fragt er und hält seinen Sohn an der Hand fest.

Gut, glaub ich, sagt Matti.

Und wie geht es mit der neuen Mundsprache voran?

Nicht ganz fertig, sagt Matti, aber es läuft spitze. Wenn wir fertig sind, wird Reden total überflüssig sein. Simon und ich planen schon den Übergang.

Zack und weg war er, sagte seine Großmutter, als der Großvater an einem Schlaganfall gestorben war. Er wäre in dem Jahr 80 geworden.

Auf der Beerdigung sagte der Pfarrer: Fragen wir uns nicht, ob jetzt endgültig Schluss ist? Fragen wir uns das nicht? – Nein, jetzt fängt es eigentlich erst an!

Seine Großmutter, die zwischen ihm und Susanne saß, stöhnte laut auf.

Er hätte dem Vertriebsleiter damals auf der Stelle widersprechen sollen. Es gibt überhaupt nichts Menschlicheres als Übergänge. Der Mensch ist ein einziger Übergang, und jede Konstanz und Klarheit sind bloß eine Fata Morgana, hätte er dem Vertriebsleiter ins Gesicht sagen sollen. Und seinen Kollegen auch. An jenem Februartag vor den bodenlangen Fenstern der Kantine hatte er Mitleid mit ihnen. Weil sie nicht zu ihm hinausschauen und ihn nicht zu sich einladen konnten oder wollten, breitete er seine Flügel aus. Er lüftete seine Mütze höflich zu einem Abschiedskrächzen und flog ohne Vorwürfe über die Terrasse davon.

Kurz darauf saß er am Bahnsteig und wartete auf seinen Zug. Während er darüber nachdachte, ob es an der Zeit sei, endlich Mitleid mit sich selbst zu haben, stellte er fest: Er mochte Übergänge und er mochte Bahnhöfe. Am Bahnhof läuft alles zusammen und auseinander. Sitzen und Warten. Aufbrechen und Ankommen. Stillstand und Bewegung. Glück und Bestürzung. Ende und Anfang. Bahnhof ist nur ein anderes Wort für Übergang, dachte er. Ein Auto, das nicht mehr fährt, dachte er später, könnte womöglich ähnliche Qualitäten entwickeln. Wenigstens übergangsweise.

Am Bahnsteig warf er die Krümel seiner Semmel vor vier gurrende Tauben. Schaut, schaut, sagte er zu ihnen. Ich weiß, warum ihr am Bahnhof leben müsst, obwohl ihr keine Zugvögel seid.

Er dürfe diese Vögel nicht füttern, das sei verboten, sagte eine Frau, die im Eilschritt vor ihrem Rollkoffer davonlief.

Er sagte: Ohne Tauben wäre der Bahnhof kein Bahnhof. Die Tauben verkörpern die Hoffnung. Und sie lassen sich sowieso beide nicht vertreiben, die Tauben nicht und die Hoffnung nicht.

Die Frau war längst weitergelaufen und hörte ihn nicht. Er legte den Kopf in den Nacken und zählte die fingerlangen, eng gesetzten Taubenabwehrspitzen, die die Anzeigetafel über dem Bahnsteig verteidigten. Es waren genau 30. Gerade wollte er noch die Drahtspitzen auf der runden Bahnsteiguhr zählen, da kam sein Zug. Zum Zittern des Minutenzeigers schüttelte er die allerletzten Krümel aus der Bäckertüte auf den Bahnsteig und stieg ein.

Die alte Zigarette kratzt im Hals und vernebelt ihm den Kopf. Er überlegt, ob sein Stillstand auch bloß eine Fata Morgana ist. Oder eine andere Einbildung. Ein Körper verharrt in Ruhe oder bleibt in geradlinig gleichförmiger

Bewegung, sofern er nicht durch einwirkende Kräfte zur Änderung seines Zustands gezwungen wird (Trägheitsgesetz). Kann es sein, dass so viele widersprüchliche Kräfte auf einen Körper einwirken, dass sie sich gegenseitig aufheben? Kann es sein, dass der Körper verlernt hat, die Kräfte wahrzunehmen und entsprechend zu reagieren? Oder ist er einfach zu durchlässig dafür?

Um die Perspektive auf sein Leben mal zu verändern und um ein wenig Vitamin D zu tanken, hat er einen Campingstuhl neben Winklers Garage direkt über den Eingang zum Ameisenreich gestellt. Vor allem samstags ist die Gefahr für die Ameisen, aufzufallen und bekämpft zu werden, um vieles größer als unter der Woche. Zur Stärkung hat er den Insekten die fette Autofliege gefangen und vor die Tür gelegt. Als er sich bückt, um danach zu sehen, ist die Fliege weg. Um das kleine Loch im Boden herrscht reges Kommen und Gehen. Als er sich wieder aufrichtet, steht der Penner im zotteligen Fellmantel im Durchgang neben den Mülltonnen. Er wischt sich den Bart mit der einen Hand, mit der anderen hebt er die Tonnendeckel hoch, einen nach dem anderen.

Den nicht!, ruft er dem Penner zu.

Der Mann hat den Deckel der Biomülltonne bereits angehoben, ein paar Schmeißfliegen schießen heraus. Der Deckel knallt zu. Der Mann wischt seinen Bart und hebt zum Gruß oder zur Entschuldigung zwei Finger an den Hut, den er heute trägt. Es ist ein Sieb aus Metall, das er sich auf den Kopf gestülpt hat. Der Frisör streckt wegen des Knalls neugierig seinen Kopf aus dem Fenster im Erdgeschoss. Der Penner spaziert weiter in den Hof. Seine wässrigen Augen flackern über den Mercedes.

Ich habe heute nichts zu essen hier, sagt er zu dem Mann, es tut mir leid.

Der Penner geht zurück zur Restmülltonne, langt hinein und zieht die grüne Männerwolljacke ans Tageslicht. Er legt die Jacke als Stola über den Fellmantel und verlässt den Durchgang.

Sobald der Frisör mittags schließt, wird er den Biomüll ganz nach vorne in die Reihe ziehen. Er muss sich etwas einfallen lassen. Die Leichen des Winters beginnen im Frühling zu stinken, obwohl der Müll vor Kurzem geleert wurde. Er drückt die Zigarette am Boden aus. Die Ameisen laufen nicht zu dem Stummel, um ihn zu untersuchen. Ameisen lassen sich niemals täuschen, schon gar nicht, was das Essen oder das Wetter anlangt. Und wenn es ums Durchhalten geht, muss man ihnen ohnehin nichts erzählen.

Oben in der Wohnung durchsucht er die Küchenschränke. Er findet kein Backpulver. Das Telefon klingelt. Er sucht im nächsten Schrank. Das Telefon klingelt weiter und weiter, der Anrufbeantworter springt nicht an.

Wieso gehst du nicht ran?, sagt seine Schwiegermutter. Ich musste mindestens zwanzigmal klingeln lassen.

Susanne ist im Büro, meint er und durchsucht den nächsten Schrank.

Ich weiß, ich wollte mit dir reden, sagt seine Schwiegermutter. Ich glaube nämlich nicht, dass du recht hast. Katzen tauchen nicht wieder auf. Heidrun jedenfalls nicht. Ich will nicht, dass Matti davon erfährt, er soll keinen Kummer haben. Das Kind ist ja so sensibel. Und was ist eigentlich mit dir und Susanne los? Redet ihr überhaupt nicht mehr miteinander? Sie hat gesagt, ich soll dich selber anrufen, wenn ich dir etwas mitzuteilen habe.

Heute sind es 102 Schritte bis zur Rampe des Supermarkts. „Backpulver Äpfel Wurst Abendessen" hat er auf seinen Zettel notiert. Er steht im Gang mit den Backzutaten und ärgert sich, weil er an den täglichen Äpfeln (gleich beim Eingang) vorbeigelaufen ist. Das nächste Mal wird er seine Einkaufsliste nach der Anordnung im Supermarkt schreiben. Das spart unnötige Schlaufen. Schließlich ist er nicht umsonst in Bentheimers Schule gegangen.

Willst du Kuchen backen?, fragt Stegmann, der mit einer Kiste Bier im Einkaufswagen zur Kasse unterwegs ist.

Backpulver, sagt er, ich brauche Backpulver. Meine Großmutter hat es in den Abfluss gestreut, falls der stank.

Stegmann empfiehlt Haushaltsnatron oder Soda, das wirke besser als Backpulver. Die Einladung auf ein kleines Helles später im Auto schlägt sein Nachbar erneut aus. Heute ist doch Annas Umzug, sagt Stegmann.

Ach, sagt er. Wo zieht sie denn hin?

Na, zu mir, sagt Stegmann. Wir haben geheiratet. Hatte ich das gar nicht erwähnt?

Macht nichts, macht nichts, sagt er und nimmt zwei Natrontütchen aus dem Regal neben sich.

Bei der Verkäuferin mit dem Nasenring bestellt er Leberwurst für den Kater, der sich viel zu rarmacht. Die Verkäuferin trägt eine Art Kittelschürze, nicht geblümt, sondern weiß. Sie streckt ihren nackten Arm in die Kühlvitrine. Auf ihrem Unterarm ist ein Name eintätowiert, der schon verblasst ist. Darunter ein kleines Kreuz mit Datum. Weil er mehr Zeit braucht, um die Buchstaben auf dem Arm zu entziffern, bestellt er noch zwei Extrawurstsemmeln ohne Gurken. Er glaubt, seinen eigenen Vornamen auf der bleichen Frauenhaut gelesen zu haben.

Er glaubt an den täglichen Apfel, den er leider im Supermarkt vergessen hat. Er glaubt an die wechselnden Launen von Katzen, Frauen, Söhnen und neuerdings auch von Nachbarn. Und er glaubt an die Liebe und daran, dass sie einem Bahnhof gleicht. Hin und her, empfänglich für Zugluft und Hoffnung gleichermaßen. Und manchmal so unsterblich wie ein Ameisenvolk.

Die erste Semmel isst er auf dem Weg zurück. Mit der zweiten wird er gleich seine Ameisen füttern. Die vielen Kekse können nicht gesund sein, nicht einmal für Ameisen. Sie sind ebenfalls Hoffnungsträger, bessere als Tauben, findet er. Bescheiden, zäh und hartnäckig. Das gehört unterstützt.

In der Hofeinfahrt steht der Lkw einer Umzugsfirma. Anna grüßt ihn mit einem Kopfnicken. Sie könnte genauso gut den spitzen Blättern der Zimmerpflanze ausgewichen sein, die sie im Arm trägt. Sie kennen sich von einem Pärchenabend. Er und Susanne, Stegmann und Anna. Sie mag keine Oliven. Das hat er sich gemerkt. Er mag keine Pärchenabende. Vielleicht hat sie sich das ebenso gemerkt. Stegmann und zwei Umzugsleute schleppen Kartons. Frau Winkler hilft mit und trägt eine Stehlampe ins Haus. Dieses Engagement irritiert ihn kurz, bis ein Schaben bei den Garagen seine Aufmerksamkeit ablenkt.

Herr Winkler spachtelt mit konzentrierten, kräftigen Bewegungen den alten Lack vom Blechtor. Trotz Halskrause. Er überlegt, ob Frau Winkler die Verletzung ihres Mannes (ein Schleudertrauma?) erwähnt hatte oder bloß den ordentlichen Blechschaden am Auto. Auf dem Campingstuhl über dem Ameisenreich steht eine große Dose mit Farbe, darauf liegt ein breiter Pinsel. „Wetterschutzfarbe Ochsenblut“ liest er auf der Lackdose. Plötzlich wackelt der Boden, der Sand beginnt unter seinen Füßen davonzurieseln. Sein lichtbeiger Hofstrand versinkt Zentimeter für Zentimeter in einem Meer aus dickflüssigem Blut. Er hält sich an seinem Auto fest.

Schwedisches Rot, sagt Herr Winkler. Genau die richtige Farbe für diesen tristen, grauen Hof, finden Sie nicht?

Er sollte jetzt sagen, dass Herr Winkler keine Ahnung von Farben habe und keine Ahnung, wie wunderbar vielfältig Grau sei und wie gut Sandgrau (Hausfassade, Garagentor) und Meeresblau (der Mercedes der Lichtes) zusammenpassen. Stattdessen rutscht ihm heraus: Toskana.

Sie meinen Terrakotta, sagt Herr Winkler. Nein, das könne man nicht mit Ochsenblut vergleichen. Wirklich nicht. Das eine sei ziegelfarben, das andere ein dunkles Blutrot.

Den Rest des Nachmittags verbringt er auf der Fensterbank in der Küche. Die Kistenträger sind bald fertig, seine Hilfe haben sie dankend abgelehnt. Herr Winkler spachtelt und schabt in aller Ruhe vor sich hin, danach malt er. Mit jedem blutroten Pinselstrich am Blechtor wird es düsterer im Hof. Er sitzt am Fenster und hofft, dass sich etwas auftut. Das Ameisenloch zum Beispiel, es müsste Herrn Winkler mitsamt dem Ochsenblut in seine unergründliche Tiefe ziehen. Aber nichts passiert. Auch von Susanne keine Spur. Matti wollte bei Simon schlafen. Irgendwann zählt er das Ticken der Küchenuhr mit. Bei 307 fängt Herr Winkler an zusammenzuräumen, bei 333 geht Herr Winkler ins Haus. Er hat nicht den Eindruck, dass ihn das Zählen heute beruhigt.

Das Garagentor ist zur Hälfte blutrot, in der Dämmerung sieht das Blut schwarz aus, als wäre es sofort gestockt. Im Hof mischen sich die Farbdämpfe mit dem Müllgestank. Das Natron für die Biotonne hat er oben in der Küche liegen lassen. Er kurbelt die Wagenfenster hoch bis auf einen kleinen Spalt.

Wie es hier wieder stinkt, sagt eine weibliche Stimme, bestialisch.

Halt am besten die Luft an, sagt ein Mann, ist ein Hotspot, dieser Hof.

Er sieht ihre Umrisse schwarz und ihre Gesichter als helle Flecken, die von den Displays ihrer Mobiltelefone beleuchtet werden. Hinter den ersten kommen weitere helle Flecke aus dem Durchgang. Es sind fünf oder sechs. Sie sehen ihn im Dunkeln nicht im Auto sitzen.

Glaubt es oder nicht, sagt eine weibliche Stimme, ich hatte Pikachu heute schon mal im Visier und dann kamen der Stromstoß und ein Donner.

Er schaut durch das Visier seines Dachfensters hinauf in den schwarzen sternenlosen Himmel und wartet auf den Blitz, der sie alle zusammen erlöst.

# 14.

Nachts ging er im Wald spazieren und war sich selbst genug. Das Moos federte unter den Füßen, er spürte kaum, dass er ging. Auf dem Boden tanzten helle Lichtflecke. Die Baumstämme hielten ihn im Lot, während er schwerelos durch den Wald trieb. Es war ein gutes Gefühl. Ich schwimme, dachte er, Dr. Hoffmann hat sich nicht getäuscht, man kann im Wald tatsächlich baden. Seitlich spürte er einen Luftzug. Er kam von zwei Schatten, die ihn überholten, ohne zu grüßen.

Günters Stimme sagte: Wer viel spürt, der muss nicht so viel denken.

Das ist die Trägheit, sagte Susannes Stimme, ihm fehlt die Kraft, ihm fehlt der Antrieb.

Weitere Schatten überholten ihn, er hatte die Vermutung, dass es Bäume waren. Er wollte Susanne hinterherrufen: Das ist nicht die Trägheit, das ist der Reibungswiderstand! Die Reibung ist zu hoch, sie bremst einen ständig. Im Wasser, an der Luft, im Wald, überall.

Doch eine mächtige Fichte verschloss ihm den Mund mit ihren Nadelwedeln.

Immer nur still stehen, hörte er Markus' besorgte Stimme, das ist nichts für die Durchblutung.

Struktur schafft Energie, Energie schafft Bewegung und Bewegung schafft Erfolg, sagte Bentheimer. Wer sich nicht bewegt, ist tot, Busch, in unserem Beruf sowieso. Das kannst du dir merken.

Es ist ein schöner Vormittag. Zum ersten Mal im Jahr hört er bewusst die Vögel tschilpen, obwohl er mitten in der Stadt und nicht im Wald sitzt. Eine Horde Spatzen besetzt einen Baum im Nachbarhof. Die hellgrünen Spitzen der Zweige ragen hinter den Garagen hoch. Es hört sich an, als würden die Spatzen schimpfen. Warum, das sieht er nicht. Vielleicht schimpfen sie ja mit dem rot getigerten Kater, der sich so rarmacht auf seiner Seite der Mauer. Auf der Dachrinne sitzt ein Amselmännchen und markiert singend sein Revier. Er denkt an Günter, der mit Susanne im Wald verschwand, und überlegt, ob er sein Revier auch besser markieren sollte. Wald, Revier, Struktur. Alles hat miteinander zu tun. Wie das Singen der Amsel mit der Liebe und mit der Vertreibung.

Bevor er die Biomülltonne aufklappt, holt er tief Luft. Er hat zwei Päckchen Haushaltsnatron gleichzeitig aufgerissen und verstreut das weiße Pulver nun in der Tonne. Aus der Tonne steigen warme Dämpfe. Ein paar schillernde Fliegen suchen das Weite. Er klappt den

Deckel schnell zu. Die Wärme kommt von der Reibung der Atome. Und die Reibung kommt von der Bewegung der Atome. Symptom und Ursache. Physikalisch und theoretisch betrachtet müsste sein Stillsitzen im Auto die Reibung mit der Umwelt an und für sich ja verringern. Er ist sich jedoch nicht sicher, ob sich Frau Winkler, Susanne, Matti oder er selbst rein physikalisch betrachten lassen. Oder ob er hier den falschen Theorieansatz verfolgt.

Wenigstens gegen die Wärme im Wagen kann er etwas tun. Die Sonne steigt jeden Tag einen Zentimeter höher über das Hausdach und scheint hinab in den Hof und auf das Autodach. Die Atome um ihn herum sind in energetischem Aufruhr und keineswegs so geordnet wie die Kolonnen der Ameisen. Die Ameisen wandern über die Garagenmauer hinauf zu einem unbekannten Ziel und wieder hinunter in Richtung Bau. Das Garagentor meiden sie, den ochsenblutfarbenen Teil ebenso wie den Rest alter Farbe. Immer mehr Ameisen verlassen den Bau. Es sind fast so viele wie vor dem Angriff mit Schweizer Chemie.

Aus dem Keller holt er den blau-weiß gestreiften Sonnenschirm, den sie sonst an den See zum Baden mitnehmen. Er spannt ihn auf, klemmt die Stange in die offene Beifahrertür, nickt den Ameisen voller Respekt zu und setzt sich ins Auto, um auf die Abkühlung zu warten.

Dr. Hoffmann fragte, ob ihm nicht langweilig werde im Auto. Jeden Tag dasselbe. Er musste kurz nachdenken und meinte, es sei gar nicht jeden Tag dasselbe, es sei jeden Tag anders, und er lerne jeden Tag dazu.

Sie haben also den Eindruck, Sie machen Fortschritte?, fragte Dr. Hoffmann weiter.

Ja, ich mache Fortschritte, bestätigte er. Seit ich auf die Ameisen höre. Wenn man auf der Welt auf wen hören sollte, dann auf die Ameisen. Wussten Sie das?

Dr. Hoffmann sagte: Phobien sind eher mein Spezialgebiet. Und ihre Tachophobie ist sicher ein Symptom, aber nicht die Ursache. Wir müssen die Ursache finden, Herr Busch. Oder die Ursachen, im Plural. Selbst wenn das langwierig sein könnte.

Er sagte: Ich schaue den Ameisen gerne zu. Sie erinnern mich daran, dass es womöglich einen Sinn haben könnte, sich wieder irgendwo einzureihen. Selbst wenn das nicht einfach sein wird.

Als er auflegte, fiel ihm ein, dass Dr. Hoffmanns Assistentin nicht mehr nach seiner Versichertenkarte gefragt hatte. Hatte sie es aufgegeben? So wie Matti, der schon länger keine Und-Frage mehr gestellt hatte? So schnell darf man nicht aufgeben. Er tut das schließlich auch nicht. Und die Ameisen trotzen ganz anderen Widerständen.

Ein leichter Wind ist aufgekommen. Die Schirmstange klackert in der Tür hin und her. Auf dem Rücksitz ist es so heiß wie zuvor, nur der Beifahrerplatz hat Schatten. Das Dachfenster lässt sich nicht öffnen. Er klettert aufs Auto, reißt das Klebeband ab und steckt die Schirmstange anschließend durch das nun offene Dachfenster. Gleich ist der Schatten am richtigen Platz, die Atome beruhigen sich nach einiger Zeit, bewegen sich in geordneten Bahnen und reiben nicht mehr so heftig aneinander. Das Natron scheint auch seine Wirkung zu tun (mit dem Windhauch, der aufkam). Kleine Erfolge schaffen Struktur und Ordnung. Demnach funktioniert es umgekehrt ebenso, das sollte er Bentheimer erzählen.

Theorien und Strategien sind eben nicht alles, sagt er zu dem gestreiften Sonnenschirm.

Wer losläuft, sollte wissen, wohin er läuft, sagt Frau Lichte ins schattige Auto hinein, sonst landet er im Wald und findet nicht mehr hinaus. Sinnbildlich. Das habe ich gerade zu meinem Mann gesagt. Wenn er sich das überhaupt merkt. Deshalb sage ich es jetzt außerdem zu Ihnen, Herr Busch. Ich weiß ja nicht, was Sie mit meinem Mann –, was Sie beide so anstellen, was da im Gange ist. Er scheint mir so unruhig in diesen Tagen, das gefällt mir gar nicht.

Da ist rein gar nichts im Gange, beruhigt er seine Vermieterin und steigt aus dem Wagen.

Frau Lichte zeigt auf den Sonnenschirm: So können Sie keinesfalls fahren.

So weit bin ich nicht, sagt er.

Frau Lichte geht um das Auto herum: Kommen Sie denn voran mit der Reparatur? Ich hoffe besser als Herr Winkler mit seiner Garage.

Sie betrachten beide das Blechtor, das seit Tagen zweifarbig ist. Beige bis sandgrau und blutrot. Das Blut tropft an manchen Stellen in den Sand hinein.

Frau Lichte seufzt: An diese Farbe muss man sich wohl gewöhnen.

Das ist Schwedenrot, sagt er.

Ich mag keine Fremden hier im Hof haben, sagt Frau Lichte, und Gesindel erst recht keines. Und Sie schlafen nicht wirklich im Wagen, nicht wahr? Dies ist ein ehrenwertes Haus, Herr Busch. Andere Mieter haben sich beschwert. Und haben Sie in der Zwischenzeit meinen Teller gefunden? Oder Ihre Frau danach gefragt?

Noch nicht, sagt er.

Ich würde das sehr bedauern, meint Frau Lichte.

Die Reibung ist größer als gedacht, denkt er, als er der Hausherrin mit dem aufrechten Gang und der Pünktchenbluse unter der Strickjacke nachsieht. Eine Kittelschürze, ob weiß oder geblümt, wäre in diesem Fall unvorstellbar. Er schaut an sich herunter. Er trägt ein Sweatshirt, Jeans, Turnschuhe. Alles nicht ganz frisch. Er weiß, dass Struktur nicht allein aus inneren Werten besteht und der Erfolg ohnehin nicht. Das Wort Auflösung kommt ihm in den Sinn. Ja, er würde es ebenfalls bedauern.

Später öffnet er die Wohnungstür leise wie ein Dieb, obwohl niemand da ist, den er erschrecken könnte. Susanne ist im Büro, Matti in der Schule. Im Flur nimmt er einen tiefen Atemzug, der Duft von Susannes Parfum ist längst verflogen. Der Küchentisch ist abgeräumt, auf der Fensterbank steht keine Espressotasse. Das Badezimmerfenster ist sauber. Es ist draußen zu warm für Strichmännchen an der Scheibe und Morgengrüße aus dem Dampf. Und für den Wetterbericht war Matti in der Früh zu spät dran. Obwohl er mittlerweile mehrere Wetter-Apps hat. Sein Sohn rannte mit dem Handy winkend an ihm vorbei zur Bushaltestelle. Susanne rannte sofort nach dem Türschaben um halb sieben. Er fragt sich, ob das etwas mit Günter zu tun hat. Oder doch mit ihm. Normalerweise beschleunigt Susanne erst vorne auf dem Gehsteig. Dort passt sie ihr Tempo exakt so an, dass sie bei Grün über die Kreuzung zum Stadtpark kommt. Ohne stehen zu bleiben, ohne schneller zu rennen. Ein solches Gefühl für die Zeit ist fast unheimlich. Wer so geschmeidig mit der Zeit umzugehen versteht, der kann sich nicht allzu sehr an ihr reiben.

Unten im Hof blüht eine blau-weiß gestreifte Blume aus dem Dach des Autos und spendet Schatten. Symptom und Ursache. Sie können gar nicht ohne einander. Symptom und Ursache bilden erst eine Struktur. Wie Loch und Gewebe. Er würde Dr. Hoffmann mitteilen, dass er zumindest ein, zwei Symptome und Ursachen vorerst noch für ein bisschen Struktur brauchen würde. Bloß Struktur bewahrt vor kompletter Auflösung, da ist er sich ziemlich sicher. Manchmal sind die Dinge so einfach. Und er ist dankbar dafür. Es ist ähnlich wie mit den Löchern, die alles zusammen- und in Form halten, was ohne sie keinerlei Struktur und kaum Halt hätte.

Im Schlafzimmer holt er seine Stoffhosen aus dem Schrank und legt sie nebeneinander auf die Überdecke. Auf dem Bett liegt nicht der blau-goldene Überwurf aus Barcelona, sondern ein dunkel gemusterter, den er nicht kennt. Die blauen und grauen Hosen lösen sich auf der Decke beinahe auf. Sie drohen, darin unterzugehen. Er rettet sie, indem er eine nach der anderen anprobiert. Die vierte lässt er an, eine dunkelblaue Stoffhose mit genügend Halt. Die anderen Hosen waren alle zu weit. Für oben wählt er einen dünnen grauen Pullover über dem T-Shirt.

Er wird im Hof auf Susanne und Matti warten. Und ausnahmsweise wird er auf Bentheimers Warnung hören: Wer nicht kommuniziert, ist tot. Und wer sich nicht bewegt, ist genauso tot. Er wird Susanne und Matti ins Café-Bistro zu Markus einladen. Matti wird das Totenkopftattoo bewundern und Cola trinken. Und Susanne wird zu ihm aufsehen, nachdem sie ausgiebig in ihrem Cocktail gerührt hat. Sie wird den Mann wiedererkennen, der sie einst unter einer fast nackten Kastanie zum ersten Mal küsste, und ihm verzeihen, dass sie wegen ihm „meiner Seel“ sagen musste. Ein wenig Reibungswiderstand wird trotzdem bleiben. Das muss nicht unbedingt schlecht sein in einer Ehe. Die seiner Großeltern hatte 60 Jahre gehalten.

Von La Spezia und der Küste aus fuhr er mit Susanne weiter nach Rom. Dort saßen sie in einer düsteren Kapelle. Draußen war es heiß und hell, drinnen kalt und verhangen vom weinroten Stein und schwarzen Marmor.

Wie in einer Gebärmutter, flüsterte Susanne beeindruckt.

Ihm schien es zu kalt dafür.

Das ist den toten Seelen egal, flüsterte Susanne.

Den lebendigen nicht, fand er und trat hinaus ins Licht.

Auf der Heimfahrt behauptete Susanne, er hätte wie die meisten Männer keinen Sinn für die Schönheit und das Übersinnliche an solchen Orten.

Er hatte gerade keine Zeit zu erwidern, dass Transzendenz auf der überfüllten italienischen Autobahn eine schwierige Angelegenheit sei, die gar nicht schön enden könnte.

Das Amselmännchen sitzt an derselben Stelle auf der Dachrinne wie am Vormittag und markiert sein Revier. Er verräumt den Sonnenschirm im Kofferraum und schaut auf die Autouhr, die er am Morgen um halb sieben gestellt hat. Es ist halb fünf nachmittags. Matti sollte seit mindestens einer Stunde da sein. Die Ameisen nebenan sind emsig, als wäre nie etwas gewesen.

Kurz vor fünf kommt Stegmann nach Hause und parkt sein Auto in der hinteren Garage.

Du hattest recht mit dem Paketband, ruft er dem Nachbarn zu, es war aggressiv klebend, der Lack ist ab.

Stegmann dreht sich um: Welcher Lack?

Er sagt: Der Lack am Auto, oben rund um das Dachfenster. Als ich das Paketband abgezogen habe, ist er mit abgegangen.

Stegmann nickt nur und verschwindet im Haus.

Auch gegen halb sechs keine Spur von Susanne und Matti. Er hat beide Eingänge zum Hof, den Durchgang und die Einfahrt, gut überwacht. Er hätte sie nicht übersehen. Er geht vor zur Hausecke und blickt die Straße und den Gehsteig hinauf und hinunter. Das Blau-Gelb des Supermarkts flimmert in der tief stehenden Sonne.

Wollen Sie zu mir? Ich mache gleich Feierabend, sagt der Frisör.

Nein, nein, ich schau nur, sagt er.

Der Frisör trägt einen Müllsack zur Tonne und kommt zurück: Sie haben da komische Bekannte. Der Mann sollte sich mal die Haare machen lassen, statt einen Helm aufzusetzen.

Wären Sie auch gern ein Chamäleon?, fragt er den Frisör. Dann könnte ich jetzt nämlich mit dem einen

Auge die Straße hinauf- und mit dem anderen die Straße hinunterschauen. Denn meine Frau kommt normalerweise von links und mein Sohn von rechts.

Als keiner von beiden aus der jeweiligen Richtung kommt, geht er hoch in die Wohnung, um zu telefonieren. Er wird zuerst Matti anrufen, wo er steckt. Er will Susanne nicht beunruhigen. Oben im Flur blinkt der Anrufbeantworter.

Sie haben zwei neue Nachrichten, sagt die Computerstimme. Erste Nachricht.

Hallo Paps, sagt Matti. Ich bin mit Mama und Gregor in der neuen Pizzeria. Susan sagt, du sollst dir selbst was zu essen machen. Und … ähm. (Pause.) Ich muss dir was beichten. Es tut mir leid, aber ich kann keine Radionachrichten hören wegen all der blöden Sachen. Du weißt schon, Krieg und Flüchtlingsboote und Tote und so. Also habe ich die Wetterberichte erfunden. Ich habe sie immer schön gemacht für dich, damit du dich freust. Sei nicht böse. – Was? Paps, meine Pizza ist da.

Zweite Nachricht, sagt die Computerstimme.

Man könnte abkratzen und du würdest es nicht mal mitkriegen, ruft Bentheimer durch den Flur. Warum gehst du nicht an dein Telefon, Busch? Ich habe ungeheuerliche Neuigkeiten, das kannst du mir glauben. Ruf mal zurück!

Keine weiteren Nachrichten, sagt die Computerstimme.

Er glaubt an den Frühling und an die Hoffnung, die er mit sich bringt. Er glaubt an Mattis Wettervorhersage, weil sie aus Liebe erfunden wurde. Er glaubt an die Schwerkraft und an die Reibung, die sie zwangsläufig erzeugt. Offenbar erzeugt auch sein Stillstand eine Reibung, die er nicht vorhergesehen hat. Er will trotzdem nicht an Verschwörungen glauben, an denen Frisöre und andere Nachbarn genauso beteiligt sein könnten wie alte Schulkollegen und neue Pizzerien, in die er nicht eingeladen wird. Weder von seiner Frau noch von seinem Sohn.

# 15.

Manchmal ist die Zeit ein tiefes Loch. Es ist so tief, dass jeder Gedanke, den er fassen möchte, sofort hineinfällt. Je mehr in das Loch hineinfällt, desto intensiver summt es. Das Geräusch ist schließlich so aufdringlich, dass er es nicht mehr ignorieren kann und die Augen öffnet. Am Himmel über ihm verschwimmen die kleinen Löcher, es sieht nach Sturm aus. Vereinzelt leuchten dort gelbe Hagelwolken. Sie sind rechteckig und flach wie Klebezettel. Auf jeder Wolke stehen Ziffern, die er nicht lesen kann. Er wünscht sich auf eine dieser Wolken. Und dort oben würde er sich sagen: Ach, vergiss die Schwerkraft. Und er würde weiter hinauf ziehen, wo keine Luftmassen mehr auf seinen Schädel drücken. Hinauf, wo alles leicht sein würde. Nur unten auf der Erde lastet die Erinnerung dermaßen schwer.

Das Schädeldrücken kommt vom Genever, der Genever kommt von Hermann und Hermann aus Amsterdam (oder Antwerpen?) Alles zusammen kommt nun hoch aus dem Loch, in das er den gestrigen Abend versenken wollte. Das Summen der hydraulischen Heber der Müllabfuhr hat ihn herausgetrieben aus der Versenkung. Das Poltern der Tonnendeckel verhindert jeden Rückzug in die gnädige Tiefe des Schlafs.

Es sei nicht Gittis Schuld, sagte Markus.

Natürlich, sagte Hermann und klopfte bestätigend auf den Tisch.

Er und Hermann waren die letzten Gäste im Café-Bistro. Und als das kleine Bier nicht mehr schmeckte, zog Hermann eine Flasche Genever aus seinem Rucksack und meinte: Muttermilch. Die tröstet und nährt. Hilft gegen fast alles.

Er musste an den Mutkakao aus Costa Rica denken.

Das ist bestimmt nicht deine Schuld, sagte Hermann und kippte einen Schnaps.

Er sagte: Das ist wie Minus und Minus. Das ergibt Plus. Keiner hat Schuld, und am Ende kommt etwas anderes dabei heraus.

Markus sagte: Freut mich, dass ihr beide euch so gut versteht.

Das Interview für die Zeitung und Fotos im Auto machen wir nächste Woche, sagte Hermann zu ihm. Und zu Markus gewandt: Wir werden dir nicht erlauben wegzugehen wegen der Gitti.

Berlin ist nicht aus der Welt, erwiderte Markus.

Hermann winkte resigniert ab: Lasst uns lieber über Schönes reden.

Was?, fragte Markus.

Hermann sagte: Die Zeit ist richtig. Nein, wie sagt man? – Reif. Das wird eine Bewegung. Ihr werdet sehen, wir machen eine große Bewegung. Passiver Autoprotest. Für die Umwelt.

Er sagte: Aus dem Stillstand? Eine Bewegung?

Hermann nickte und schenkte Genever nach. Markus drehte dauernd an seinem Ohrring.

Sein Körper schmerzt bei jeder Treppenstufe. Immerhin hat der Kopf die Last ein wenig umverteilt. Er fühlt sich nicht mehr so unwuchtig wie zuvor, denn Schmerzen verzerren die Wahrnehmung und die Größenverhältnisse. In der Küche haben Susanne und Matti ihre Spuren wieder so gründlich verwischt, dass er zu zweifeln beginnt, ob sie überhaupt noch hier wohnen. Er fragt sich, ob Susanne bewusst ist, dass sie ihm mit dem Frühstücksgeschirr ein Stückchen Heimat wegräumt. Zwischen der Espressotasse auf der Fensterbank und der niemals leeren Müslischale auf dem Tisch konnte er sich gut einrichten. Die Reste haben ihm Platz gemacht. Man war unter sich, hat sich respektiert. Die Aufgeräumtheit in der Küche begrüßt ihn nicht. Sie bietet ihm keinen Platz an, nicht auf der Fensterbank und nicht am Tisch. Er verstößt kurz gegen Regel 4 (Sentimentalitäten kurz halten).

Du wirst mich zwischendurch ertragen müssen, murmelt er der Küche zu.

Er trinkt zwei Gläser Wasser und schmiert zwei Leberwurstbrote, eins für sich und eins für den untreuen Kater. Er klappt die Brote für den Transport aufeinander und kehrt der Küche den Rücken. Aus dem Garderobenspiegel schaut ihn ein grauer Mann in verknitterten Hosen und mit einem lächerlichen Pausenbrot in der Hand an. Er weiß, warum er solche Stoffhosen nie mochte. Ihre Verwerfungen übertragen sich auf die gesamte Gestalt, die dann verknittert wirkt. Und solche Verwerfungen können richtig tief gehen und unabsehbare Folgen haben. Ähnlich wie ein Eisberg, den man nicht rechtzeitig erkennt (entgegen Regel 7).

Am Spiegel pickt gar kein Zettel mehr. Kein Kussmund und keine neue Telefonnummer. Der Spiegel kommuniziert also auch nicht mehr mit ihm. Er überlegt, wie er einen Kuss für Susanne auf ein Stück Papier bringen könnte. Sein Blick fällt auf die rosa Leberwurst im Brot. Er verwirft den Gedanken, legt das Brot weg und schreibt auf den Notizblock neben dem Telefon: ICH VERMISSE EUCH. Er reißt das magere Blättchen, auf dem derart Großes steht, ab und zerknüllt es. Auf das nächste Blatt zeichnet er eine Blüte. Sie gefällt ihm, und er füllt das Blatt mit lauter kleinen Kuliblumen. Er hofft, dass die Blumen für sich und für ihn sprechen werden, wenn Susanne nach Hause kommt. Er schiebt das Blütenblatt unter der Schlafzimmertür durch, die heute geschlossen ist. Das scheint ihm persönlicher als ein Zettel am Spiegel. Die Tür zum Schlafzimmer zu öffnen, wagt er nicht. Susanne hat ihm frische Wäsche ins Bad gelegt. Sonst macht sie das für Matti, wenn er duschen soll. Er hat vorerst keine Lust, dieser Aufforderung zu folgen. Männer folgen eben nicht immer.

Im Frühling fuhr er auf schmalen Straßen durch die Fränkische Schweiz. In einer Kurve blieb er stehen und stieg aus. Im Tal vor ihm wurde an einer Brücke gebaut. Sie ragte bereits halb über den Abgrund. Stahlträger streckten sich in die Leere vor dem rettenden Hang gegenüber. Dutzende Bauarbeiter mit gelben Helmen liefen furchtlos auf der halben Brücke hin und her. Er hatte plötzlich Mitleid mit den Arbeitern, weil sie wieder eine Brücke bauten, die nichts und niemanden verband und nichts gegen tückische Untiefen nützte. Er hatte ebenso Mitleid mit dem Tal, weil alle bald nur darüber fahren würden und keiner mehr unten durch, weil echte Tiefe eben mehr Zeit braucht, und das ist den meisten zu viel. Er nahm sich vor, in Zukunft jedes Mal auf der neuen Brücke stehen zu bleiben, auszusteigen und eine Weile lang in das Tal hinabzuschauen, damit es nicht vergessen würde. Die Polizisten, die ein besorgter Verkehrsteilnehmer gerufen hätte, würden das nicht verstehen. Sie würden denken, er wäre einer der Verrückten, die am helllichten Tag von einer Brücke in die Tiefe hüpfen.

Unter dem Scheibenwischer klemmt ein gefaltetes Papier. Es ist kariert und offensichtlich in Eile aus einem Schulheft gerissen worden. Er muss das Blatt vorher übersehen haben. Nun streicht er es glatt, behutsam, damit er nicht die windschiefen Bleistiftbuchstaben verwischt. Im abgelaufenen Erste-Hilfe-Set gibt es Schere und Heftpflaster. Mit vier Pflasterstreifen befestigt er die Botschaft innen an der Windschutzscheibe. MATCH? HEUT NACH DER SCHULE?, liest er vorwärts und rückwärts. Er zählt die Buchstaben, die Leerzeichen und die Satzzeichen, die die Worte zusammenhalten, sie strukturieren und ihnen gemeinsam erst ihren Sinn geben. 22, 4, 2, denkt er, perfekt. Spieler, Schiedsrichter, Trainer. Jetzt sitzt er und wartet, dass Matti aus der Schule kommt, und es macht ihm überhaupt nichts aus. Ganz im Gegenteil. Als er noch Auto fuhr, hat ihn Warten wahnsinnig gemacht. Er hielt es kaum aus.

Regel 8: *Warten und dankbar sein. Und dankbar fürs Warten sein.*

Mit dem Operngucker beobachtet er die Ameisen, die sich um die Leberwurstbrotstücke neben Winklers Garage kümmern. Rechts hat das Bild einen Sprung. Er schwenkt hinauf zum Garagendach. Vorne an der Kante liegt ein Haufen rot getigertes Fell, das anscheinend keinen Hunger hat. Rechts hat der Kater einen Sprung.

Du undankbares Ding, du, sagt er und senkt den Operngucker auf einen hellblonden Kinderkopf, der vor ihm steht. Rechts hat Julia einen Sprung.

Bist du immer da und sitzt im Auto?, fragt das Mädchen. Sie trippelt neben dem Auto hin und her.

Er sagt: Das kann nicht jeder, sitzen und sein.

Julia sagt: Das sind Schädlinge, Papa sagt, sie fressen Löcher in unsere Garage, bis sie zusammenbricht.

Erst jetzt sieht er, dass das Mädchen auf die Ameisen am Boden trampelt.

Du tust ihnen weh, meint er leise.

Mama kommt gleich, sagt Julia selbstsicher, wir wollen die Biester bekämpfen.

Das sind keine Biester, sagt er, das ist ein Volk.

Julia bleibt stehen, die Puppe Otto baumelt an ihrer Hand fast über dem Ameisenloch.

Das ist ein Volk, wiederholt er. Sie haben Wächterinnen und Arbeiterinnen, und sie haben eine richtige Königin. Manchmal sogar mehrere.

Julias Augen werden weit: Eine echte Königin?

Er sagt: Eine Königin und einen unterirdischen Palast mit Tausenden von Gängen und Kammern, wo die Ameisenbabys heranwachsen. Wir sollten sie schützen.

Julia macht einen Schritt zur Seite. Er steigt aus dem Wagen, fegt die Insekten mit der Handkante vorsichtig in den schützenden Eingang zum Königinnenreich und setzt sich darauf.

Julia runzelt ihre Stirn.

Was sitzen Sie da?, fragt Frau Winkler. (Sie hält die Biokill-Sprühflasche in der Hand.) Julia, geh hoch, ich komme sofort.

Als das Mädchen weg ist, sagt Frau Winkler: Das ist absurd. Sie sind absurd.

Er sagt: Sitzen und sein ist eine Kunst.

Frau Winkler sprüht auf die Ameisen, auf denen er nicht sitzt, und auf jene an der Garagenmauer. Wahrscheinlich hört sie ihm gar nicht zu, sonst hätte sie den Angriff bestimmt eingestellt. Denn er erzählt Frau Winkler davon, dass auch Ameisen Künstler seien, die mit Kapillarkräften die Schwerkraft überwinden können und mit Knacklauten miteinander kommunizieren. Hochsoziale Wesen seien das und nicht bloß deswegen wichtig für das gesamte Ökosystem. Vorbildlich gleichsam. Wenn eine Ameise eine ansteckende Krankheit habe oder vergiftet sei, gehe sie nicht mehr in den Bau, um keine andere zu infizieren. Falls doch, gebe es Krankenpflegerinnen, die ganz ohne Gift auskämen. (Matti hatte das alles für ihn recherchiert.)

Sie und Ihr Auto, zischt Frau Winkler. Sie sind Gift für das Haus. Das finden mittlerweile alle. Die Stegmanns auch. Es gibt Regeln hier!

Er erzählt Frau Winkler außerdem, dass Ameisen ungeschriebene Regeln hätten. Das nenne man Ordnung, eine innere Ordnung. Nur Menschen müssten alles aufschreiben und regulieren, und es funktioniere trotzdem nicht. Man sehe das ja in diesem Land. Und er spreche aus eigener Erfahrung. Die innere Ordnung ergebe sich, den Regeln von außen ergibt man sich oder eben auch nicht. Das sei ein richtiges Problem.

Frau Winkler sagt nur: Sie wissen genau, wer hier das Problem ist.

In einem Frühjahr war er mit anderen Vertretern auf der Buchmesse in Leipzig. Draußen schneite es in Böen, drinnen standen sie an Stehtischen unter Laubbäumen, denen seit Jahren das Wetter vorenthalten wurde. Die Enttäuschung der Bäume tropfte auf ihn herab. Er konnte es spüren, trat zur Seite und rempelte aus Versehen einen fremden Mann an, der ein wenig Wein verschüttete.

Entschuldigung, sagte er zu dem Mann, ich wollte der Enttäuschung ausweichen.

Der Mann wischte in Ruhe den Ärmel seines Jacketts ab und neigte sich vertraulich zu ihm: Ich muss es mir hier jedes Jahr schöntrinken. Sonst sind die Untiefen zwischen den Buchdeckeln zu bedrückend. Die meisten Bücher sind zu flach und ein paar so fern und abgrundtief, dass ich ebenso wenig dahinterkomme, was sie mir sagen wollen. Wissen Sie immer, was die Bücher sagen wollen?

Dr. Hoffmann riet ihm, loszulassen, endlich raus aus dem Stillstand zu kommen, weil der Stillstand beginne, seltsame Reaktionen auszulösen. Bei ihm und bei anderen. Er hatte dem Psychiater von den Eisbergen berichtet, die auf ihn zutrieben.

Weichen Sie Ihnen einfach aus, meinte Dr. Hoffmann, verändern Sie dazu Ihre Position. Bewegen Sie sich. Und haben Sie Verständnis für solche Reaktionen. Sie sind doch empathiebegabt und können sich in andere hineinversetzen? Seien wir mal ehrlich, Herr Busch, keiner mag Clowns. Keiner mag in den Spiegel schauen und sein Zerrbild sehen. Was halten Sie von der Idee, wenn Sie mir Ihr Auto verkaufen? Befreien Sie sich. Treten Sie hinaus ins Leben. Und ich fahre mit dem Mercedes meine Tochter zur Hochzeit. Welche Farbe hat der Wagen eigentlich?

Das Auto fährt nicht mehr, sagte er. Und es ist eibengrün wie der tiefste, dunkle Wald.

Was für eine schöne Farbe, rief Dr. Hoffmann. Das schaffen wir, Herr Busch! Seien Sie zuversichtlich.

Um 15 Uhr 30 tritt er hinaus ins Leben. Die Vögel pfeifen. Das Amselmännchen verteidigt aufgeregt sein Revier. An der Hausecke richtet er seinen Blick geradeaus auf die Ampel an der großen Kreuzung und versucht, sein Tempo so anzupassen, dass er den Zebrastreifen bei Grün überqueren kann, ohne anzuhalten. Er verlässt sein Revier und läuft den Gehsteig entlang durch warme Luftseen und durch kühle, wo die Sonne heute noch nicht hingekommen ist.

Für Matti hat er eine Nachricht auf die Rückseite des karierten Blattes geschrieben: ERWARTE DICH IM PARK! Damit die Nachricht nicht übersehen wird, hat er sie außen an die Windschutzscheibe geklebt. Und damit sie der übermütige Frühlingswind nicht mitnimmt, hat er sie mit sechs Heftpflasterstreifen befestigt. Das Ausrufezeichen wird Matti alles sagen, was er wissen muss (große Fußballwiese) und mitbringen soll (Stollenschuhe, Trinkflasche).

Der Lederball unter seinem Arm riecht nach Keller. Das tut er immer nach einem langen, nassen Winter. Er atmet den vertrauten muffigen Geruch ein, der nach einigen Spielen verflogen sein wird. Er freut sich auf das richtige Fußballspiel mit seinem Sohn. An der Ampel muss er warten, sie ist gerade auf Rot gesprungen. Den Rest des Weges bewältigt er in mäßigem Joggingschritt, um sich etwas aufzuwärmen.

In der Pagode im Park liegt der Penner auf seinem Fellmantel und schläft, das Gesicht auf den zusammengelegten Händen. Am Rand der Fußballwiese sitzt eine junge Frau im Parka auf einem Rucksack. Ein kleiner Mischling saust dem Tennisball hinterher, den die Frau geworfen hat. Der Hund schnappt den Ball und wälzt sich damit in der schlammigen Wiese.

Scheiße, schreit die junge Frau und pfeift durch die Finger.

Der Hund springt auf und rast quer über die Wiese zu ihr zurück.

Da sieht ihn die junge Frau neben sich stehen. Was willst'n du hier?, fragt sie.

Er zeigt auf den Schlamm, der später im Jahr ein Fußballfeld sein wird, und meint, er habe eine Runde Fußball spielen wollen, mit seinem Sohn.

Hast was zu essen dabei?, fragt die Frau.

Er versucht, den Hund abzuwehren, der in den prallen Lederball beißen will. Er zieht einen täglichen Apfel aus seiner Jackentasche und gibt ihn der jungen Frau. Sie nimmt den Apfel und beißt hinein. Er knackt, wie ein Apfel knacken soll.

Als der Parka der Frau am anderen Ende der Wiese mit einem Gebüsch verschmilzt und der schlammgraue Hund hinterherhüpft, tritt die Leere des Stadtparks an ihn heran. Die Leere beginnt, auf seinen Schädel zu drücken wie der Genever in der Früh. Er fühlt sich bedrängt und nimmt sich vor, Dr. Hoffmann anzurufen, um ihm zu sagen, dass das leicht gesagt sei mit dem Loslassen und Ins-Leben-Treten, dass man aber schon gern wüsste, wo denn die seichten Stellen wären und wo die tiefen, um nicht gleich ins Schwimmen zu kommen. Er hält sich den Fußball hoch vor die Brust und ist froh, dass er ihn vorher so prall aufgepumpt hat. Volle Bälle treiben zum Glück oben. Die Auftriebskraft wirkt der Schwerkraft entgegen. Etwas Besseres, um sich festzuhalten, hat er im Moment nicht.

# 16.

In einem Frühling küsste er Susanne unter einem blühenden Apfelbaum. Er spürte die Kühle der Wiese, auf der sie lagen, und es machte nichts. Aus der Entfernung hörte er das Rauschen des Verkehrs auf einer Straße, und es machte nichts. Neben sich fühlte er die Wärme Susannes, und das machte etwas. Sie versprachen dem Apfelbaum, zu jeder Jahreszeit wiederzukommen und sich unter ihn zu legen. Im Sommer würden sie aus seinem Schatten heraus zuschauen, wie die Äpfel wuchsen. Im Herbst würden sie kommen, um die Äpfel zu essen und sich die Taschen mit ihnen vollzustopfen. Und im Winter würden sie sich rücklings in den Schnee fallen lassen und Engel malen für sich und den Baum. Er zog die Wanderkarte heraus und markierte die Stelle, an der der Baum stand, mit einem Kulikreuz.

Spießer, flüsterte Susanne und küsste ihn.

Leider regnete es im Sommer dauernd, im Herbst war er ständig unterwegs und im Winter kam Matti zur Welt. Irgendwann begann er, täglich einen Apfel zu essen. Wenn er in das süß-herbe Fruchtfleisch beißt, denkt er an den Baum, der auf Susanne und ihn wartet und darauf, dass sie ihm Matti endlich vorstellen. Wenn der Baum überhaupt noch steht.

Als Matti aus der Schule kommt, sitzt er längst wieder im Auto. Die Botschaft, dass er im Park warte, musste er von der Windschutzscheibe abkratzen. Alte Heftpflaster kleben fast so aggressiv wie Paketklebeband. Den Lederfußball hat er in den Keller geräumt und dafür einen Schaumstoffball gefunden, der harmlos für die Autos und die Fensterscheiben im Hof ist und somit kaum gegen die erste Hausregel von Frau Lichte verstößt (keinerlei Ballspiele im Hof, der Autos und der Fenster wegen).

Die Campingstühle sind die Torpfosten, nach jedem Tor wird die Position gewechselt: Tormann, Stürmer, Tormann, Stürmer. Die Gardinen bei Lichtes bewegen sich, als Matti das 10:5 schießt und laut jubelt. Nachher sitzen sie auf der Rückbank im Auto und teilen sich das lauwarme Wasser aus Mattis Trinkflasche. Matti will ihm die neueste Wetter-App vorführen, das Handy stürzt zweimal hintereinander ab.

Scheißding, schimpft Matti. (Er wirft das Mobiltelefon neben sich.) Ich brauche kein neues, sagt er und starrt durch das geöffnete Dachfenster hinauf in den Himmel. Ich brauche neue Eltern oder wenigstens welche, die miteinander reden. Mich nervt das, sagt sein

Sohn leise. Ihr nervt mich. Wofür braucht Mama so viel Zeit? Worüber muss sie nachdenken?

Das Handy vibriert, bevor es komplett ausgeht. Er spürt die Erschütterung die Wirbelsäule entlang bis hinauf ins Hirn. Er könnte jetzt etwas von dummen Verdächtigungen wegen fremden Männern erzählen, von Vertrauen, das Risse bekommen hat, von der Liebe, die manchmal Zeit braucht. Auch für sich. Matti, sagt er stattdessen und streicht seinem Sohn eine verschwitzte Haarsträhne aus der Stirn.

Matti starrt weiter nach oben ins Leere und schweigt. Nach einer Weile sagt er: Soll ich dir ein wenig Mundsprache beibringen? Dann geht Kommunikation auch ohne Reden. Ist aber nicht so einfach. Das muss man üben.

Er fragt: Wird Susanne das verstehen?

Matti nickt und steckt sein Handy ein: Susan sagt, die andern im Haus behandeln sie wie eine Aussätzige. Und dass das etwas mit dir zu tun hat.

Ich verstehe dich nicht, sagte Bentheimer Ende Januar. Du hast Kunden, seit zehn Jahren fährst du dahin. Das ist doch eine Verpflichtung. Überleg dir das mit den 50 Prozent. Der Chef schlägt das nicht jedem vor, halb arbeiten. Wir können die nächste Tour gemeinsam planen. Meine Strategien sind gut, sie sparen immer Zeit.

Er lehnte ab. Bentheimer hatte keine Strategien anzubieten, die Zeit verschwendeten. Und genau das brauchte er. Mehr Zeit. Er hatte nämlich immer zu wenig Zeit, die Leute richtig anzuschauen. Und wer nicht angesehen werde, sei nichts Halbes und nichts Ganzes, erklärte er Bentheimer. Wer nicht angesehen werde, verschwinde irgendwann und keiner würde es je bemerken.

Als er auf den Zug umstieg, glaubte er anfangs, gleich zwei Probleme in den Griff zu bekommen: jenes mit der Geschwindigkeit und jenes mit dem Anschauen. Mit der Geschwindigkeit steigt die elektrische Aktivität im Gehirn. Das kann körperliche Angstreaktionen auslösen. Das Herz beginnt zu rasen, Atmung und Puls beschleunigen sich, die Schweißdrüsen werden aktiviert. Das ist wie auf der Flucht. Sogar zu Schwindel und Sehstörungen kann es kommen (wie bei einem Schleudertrauma). Um das zu verhindern, wollte er sich im Zug an den Blicken und Gesichtern seiner Mitreisenden festhalten, und sie hätten das umgekehrt bei ihm tun dürfen. Nur schaute im Zug keiner hoch oder her. Er betrachtete die Scheitel, die Nasenrücken, die Schultern und fand nichts, woran er sich hätte festhalten können.

Im Regionalzug nach Nürnberg fragte er den Jugendlichen neben sich, der auf seinem Handy spielte: Ist das ein Versteckspiel? Verwischt du deine Spuren?

Der Jugendliche blickte nicht auf, als er sagte: Aus welchem Jahrtausend bist du denn?

Herr Winkler trägt keine Halskrause mehr. Am Abend bestreicht er das Garagentor (das Stück, das noch fehlte) mit einer neuen Dose blutroter Farbe, pfeift vor sich hin und ignoriert ihn. Auf dem Garagendach liegt der rot getigerte Kater in einem Streifen Sonne und ignoriert Herrn Winkler und ihn. Die Ameisen kreisen um das Loch. Wahrscheinlich suchen sie den am wenigsten verseuchten Weg in ihren schützenden Bau.

Er sitzt auf dem Beifahrerplatz und versucht zu lernen. Auf seinen Knien liegt ein Vokabelheft. Die linke Spalte ist voller Kugelgesichter, die alle verschiedene Münder und Gesichtsausdrücke haben. In der rechten Heftspalte steht, was die Gesichter sagen wollen: hallo, wie geht es dir?, ich freu mich, cool, verboten!, du bist blöd, du bist nett, du bist saublöd, du bist saunett, warum?, nein!, ja!, abgefahren!, weiß nicht, LOL … Er probiert die „wie geht es dir? – du bist saunett“-Kombination im Seitenspiegel aus. Er schürzt zuerst leicht die Lippen, macht die Augen dazu groß und zieht die Mundwinkel hoch.

Meine Frau macht auch Gesichtsgymnastik, sagt Herr Winkler von der Seite. Sie hat mir erzählt, das nütze gegen Mimikfalten. Meine Frau hat mir ebenso erzählt, dass Sie gern auf Ameisenlöchern sitzen. Wozu das gut sein soll, weiß ich allerdings nicht. Ich habe den Ameisen zugesehen. Seit ich das Tor gestrichen habe, laufen sie nicht mehr darüber. Ich vermute, sie mögen die Farbe nicht. Wie gefällt sie Ihnen eigentlich?

Er sagt vermittelnd: Man gewöhnt sich daran.

Herr Winkler sagt: Die Ameisen laufen jetzt quer durch meine Garage. Sie krabbeln mir ins Auto. Ameisen sind Fremdkörper in Garagen und in Autos. Wie gut, dass ich Farbe übrig habe. Meinen Sie nicht, die Ameisen sollten sich besser an die Farbe gewöhnen? Wie Sie?

Er versucht, ein abwehrendes „bloß nicht!"-Gesicht aufzusetzen. Herr Winkler tritt zum Eingang des Königinnenreichs und geht in die Hocke. Er hält die Dose mit dem Lack schräg, sodass die Farbe an einem dicken Faden direkt ins größte Loch und in die unterirdische Ordnung trieft.

Bluttransfusion, denkt er, verseuchtes Blut, und schließt entsetzt die Augen. Er stellt sich den Ameisenbau mit all seinen Verzweigungen und Nebengängen und höher gesetzten Höhlen vor, in die sich die Ameisen flüchten können. Er weiß, sie haben woanders bestimmt ein paar Notausgänge.

Die letzte Farbe aus der Dose tropft neben den Eingang. Herr Winkler verwischt die Tropfen auf dem Beton mit einem Lappen und sagt: Sie dürfen das nicht persönlich nehmen. Fremdkörper wollen wir hier halt nicht haben.

Die Sonne ist verschwunden. Auf dem Garagendach steht der Kater auf und streckt sich genüsslich. Auf der Dachrinne sitzt das Amselmännchen im sinkenden Licht des Tages und verteidigt sein Revier. Das wird nichts nützen, denkt er, gleich kippt der ganze Hof ins Meer. Das Meer ist blutrot, der Hof aus Sand. Kein Wunder, wenn er nicht hält. Und alle darin wird er mit hinunterreißen in die rote Flut.

Wer seine Spuren verwischt, hat vor etwas Angst, sagte sein Großvater.

Wer seine Spuren verwischt, will vielleicht seine Ruhe haben, sagte seine Großmutter darauf.

Bleiben Sie ruhig, versuchen Sie, sich endlich einmal zu entspannen, sagte Dr. Hoffmann, dann können Sie gar keine Angst haben. Innere Ruhe und Angst passen nicht zusammen, sie schließen sich ja im Grunde aus. Und was soll schon passieren?

Nachts lief er über Wasser. Es war so durchsichtig, dass er sich gar nicht sicher war, ob er auf Wasser lief, auf Eis oder auf einer Spiegelung seiner selbst. Er vermutete, dass es Wasser war, weil weiter weg zwei Reiher standen, die sich ebenfalls auf der glatten Oberfläche spiegelten. (Und Reiher standen nun mal meistens im seichten Wasser.) Die Vögel beobachteten ihn. Plötzlich verlor er den Halt, das Wasser gab nach. Er prustete die Luft heraus wie ein Kind im Planschbecken, da Prusten die Nase freihält. Er schwamm, doch als er näher ans Land kam, war das Ufer ein Berg mit steilen

Flanken und Haarnadelkurven. Er sah sich nach den Reihern um. Sie streckten ihre Schnäbel in den Himmel, als ob der etwas dafürkönnte und sie das alles hier gar nichts anging.

Manchmal ist die Zeit nicht mehr. Sie ist derart leise und rücksichtsvoll, dass sie fast verschwindet. Dabei weiß er, dass sie da ist und irgendwo auf ihn lauert. So ähnlich wie die Kollegen im Verlag, als sich herumsprach, dass er gehen würde. Sie machten einen Bogen um ihn und gingen ihm trotzdem nicht völlig aus dem Weg. Sie schlichen an ihm vorbei und belauerten ihn und wussten nicht, was sie sagen sollten. Sie wollten nur sehen, wie er sich verhielt. Das schwarze Schaf, das seine Herde halb freiwillig verließ und halb verstoßen wurde.

Er hat in der Früh weder Susannes Türschaben gehört noch bemerkt, wie sie und Matti das Haus verließen, um ins Büro und in die Schule zu gehen. Und keiner weckte ihn. Nicht mal Herr Winkler oder Stegmann, als sie aus ihren Garagen fuhren. Oben in der Wohnung ist die Schlafzimmertür einen Spaltbreit offen. Das Kuliblumenblatt liegt nicht mehr auf dem Boden. Die blau-goldene Decke aus Barcelona liegt auf dem Bett. In der Küche steht die Espressotasse auf der Fensterbank, auf dem Küchentisch steht die halb volle Müslischale von Matti.

Guten Morgen, sagt er zu allem, da bin ich.

Er setzt sich und löffelt den Rest von Mattis Müsli aus. Beim letzten Löffel beginnt das Telefon zu klingeln. Er hat keine Lust auf Gespräche über abgängige Katzen, die nicht wieder auftauchen, obwohl er das behauptet habe, und über Kinder, die zurzeit viel mitmachen, woran er schuld sei (was unausgesprochen bleibt und trotzdem eindeutig ist). Er lässt das Telefon klingeln.

Busch, schreit Bentheimer durch den Flur, wo zum Teufel steckst du? Bist du ausgewandert? Die Vertreter sterben aus, das wollte ich dir mitteilen. Aussterbende Schweine sind wir. Der Verlag will uns abbauen. Sukzessive. Aber keiner baut Bentheimer ab, schon gar nicht sukzessive und sozial verträglich. Ich bau mich selbst lieber neu auf. Und jetzt hör gut zu, Busch: Mediator mit Schwerpunkt Achtsamkeit. Kennst du das? Achtsamkeit? Die Ausbildung läuft bald an, und ich wusste sofort, das ist was für meinen Freund Busch. Diese ganze Bewerterei mal ausschalten, mal unmittelbar sein, die Dinge und Menschen auf sich wirken lassen. Mediatoren sind gesuchte Leute. Was sag ich, begehrt sind sie. Ich erwarte deinen Anruf, Busch. Das ist dein Traum–

Biep. Die Aufzeichnung bricht ab.

Alles hat seine Zeit. Warum sollten die Speicher von Anrufbeantwortern für Bentheimer eine Ausnahme machen? Er wird nachher zum Frisör hineingehen und ihn fragen, ob ihm aufgefallen sei, dass er das Problem mit dem Mülltonnengestank achtsam beseitigt habe.

Falls der Frisör möchte, wird er ihm auch das Geheimnis verraten (Haushaltsnatron). Er wird anschließend weiter zu Markus gehen, ohne die Schritte zu zählen, und Markus sagen, dass man Achtsamkeit in Kursen lernen kann und dass er gar nicht wegziehen muss, sondern Gitti gegenüber achtsam seinen Standpunkt vertreten und sie zurück auf die Insel schicken sollte. Er wird danach weiter bis zum Supermarkt gehen, ohne die Schritte zu zählen, und alles einkaufen, was man für ein großartiges Abendessen braucht. Er hat viel zu lange nicht mehr richtig gekocht.

Er holt sich den Notizblock vom Telefontischchen und löscht dabei Bentheimers Nachricht. „Wein" schreibt er auf den Zettel, „Kerzen" notiert er darunter. Genau so wie sie im Supermarktregal einsortiert sind. Die Kerzen könnten sie anzünden, wenn Matti im Bett wäre. Aus dem Buchregal holt er das Italien-Kochbuch (nicht von seinem ehemaligen Arbeitgeber) und schlägt es bei Toskana auf. Nach dem Duschen wird er die Rezepte durchsehen. Die oberen Seiten des Kochbuchs zittern verhalten. Die Müslischale und das Wasserglas daneben beginnen auf dem Tisch zu vibrieren. Von der Straße hört er das tiefe Brummen eines größeren Fahrzeugs. Er vibriert kurz mit und steht auf.

Aus dem Schlafzimmerschrank holt er sich frische Sachen zum Anziehen. Die sorgsam zusammengelegten Kleidungsstücke, die im Badezimmer auf ihn warten, lässt er liegen. Niemand widerspricht Susanne gern, denkt er, und dass er es öfter mal tun müsste.

Unter der Dusche atmet er so tief wie möglich ein, hält die Luft an und prustet sie über die Lippen aus. Er wiederholt dies mehrmals, bis ihm schwindlig wird. Wahrscheinlich vom vielen Sauerstoff, der sein Blut sättigt, oder vom Wasser, das er sehr heiß aufgedreht hat. Das Badezimmerfenster beschlägt kaum. Es ist zu warm draußen. Von dort hört er jetzt das Piepen eines rückwärtsfahrenden Lkw. Er spült sich das Shampoo vom Kopf, streckt sich aus der Dusche weit zur Seite und blinzelt neugierig hinab in den Hof.

Zwei Männer befestigen gerade eine dicke Kette mit Greifhaken an der vorderen Karosserie des eibengrünen Autos. Die Männer tragen Arbeitsoveralls. Über ihnen schwebt eine Art Galgen. Hinter dem Mercedes steht ein großer Abschleppwagen. Der Mercedes der Lichtes verdeckt, was die Männer am Heck seines Autos tun. Als sie hinter dem türkisen Meer auftauchen, steigt einer der Männer in die Fahrerkabine des Lkw. Die vier Ketten, die sein Auto gefangen halten, straffen sich.

Ein Rest Shampoo rinnt ihm ins Gesicht und brennt in den Augen. Er reibt das angelaufene Fenster mit der Hand sauber. Er reibt seine Augen. Unten im Hof schwebt das Auto in die Höhe, schwankt, wackelt und landet auf der Ladefläche des Abschleppwagens. Der Mann steigt wieder aus. Zu zweit zurren sie den Mercedes fest, steigen in den Lkw und fahren im Schritttempo aus dem Hof und aus seinem Blick. Sein Hintern beginnt zu surren, obwohl er gar nicht darauf sitzt. Es surrt bis hinauf ins Hirn, das vom heißen Wasser ganz vernebelt ist.

Als er kurz darauf dort steht, wo vor Kurzem noch sein Auto stand, hat er sich weder die Aufschrift auf dem Abschleppwagen noch dessen Farbe gemerkt. An der Garagenmauer lehnen zwei Campingstühle und ein blau-weiß gestreifter Sonnenschirm (aus dem Kofferraum). Vor dem blutroten Garagentor liegen auf dem Boden: zwei Wolldecken, ein Straßenatlas, ein Operngucker. Außerdem: zerknickte Wagenpapiere, ein Erste-Hilfe-Set (abgelaufen), eine Wackelpostkarte von der Nordsee, ein Wick-Inhalierstift, Musikkassetten, ein Vokabelheft für Mundsprache und eine fast leere Packung Butterkekse. Die ersten Ameisen steuern darauf zu. Das Zigarettenetui sieht er nirgends. Es muss bei dem Schiffbruch untergegangen sein. Ein Wassertropfen rinnt aus seinen Haaren und über den Nasenrücken hinunter. An der Nasenspitze bleibt der Tropfen einen Moment hängen, bevor er sich fallen lässt. An der Stange des Sonnenschirms ist ein Streifen Heftpflaster kleben geblieben. Daran flattert ein kariertes Blatt: ERWARTE DICH IM PARK!

# 17.

Er glaubt an den täglichen Apfel, den er auf das Geländer der japanischen Pagode gelegt hat, um ihn in der Sonne aufzuwärmen. Kalte Äpfel schmecken nach nichts und tun an den Zähnen weh. Er glaubt an die Unendlichkeit und daran, dass man die Zeit am besten in Ruhe lässt, um sich nicht allzu sehr an ihr zu reiben. Außerdem hat er keine Uhr, mit deren Hilfe er sich mit der Zeit messen könnte. Die Sonne ist seine Uhr. Die Vögel, die die Sonne schon vor deren Aufgang ankündigen, sind seine Uhr.

Er weiß, dass die Amseln es auf seinen Apfel abgesehen haben. Sie lauern im Busch gegenüber, dessen Namen er nicht kennt. Susanne wüsste ihn bestimmt. Doch ihre Joggingrunde führt durch einen anderen Teil des Parks und nicht an der Pagode vorbei. Was schade ist, er hätte das Knirschen der Kieselsteine unter ihren Schritten gut als neue Braunschweiger Atomuhr brauchen können. Vielleicht wird er sich an einem Morgen einfach schweigend neben Susanne einreihen und mitlaufen. Seine Kondition ist gut. Sie wird täglich besser vom ständigen Spazierengehen im Park und vom Fußballspielen mit Matti.

Er glaubt, dass die Sache mit dem Auto und dessen Verschwinden ein großes Missverständnis ist. Er glaubt nicht, dass Susanne etwas damit zu tun hat. Matti glaubt das ebenso wenig. Matti ist sein Detektiv. Er habe genug Kinderkrimis gelesen, behauptet er, um diesen Fall zu lösen. Nun will sein Sohn herausfinden, was passiert ist und wo der Mercedes hinkam, mit dem Dr. Hoffmann gern im Mai seine Tochter zur Hochzeit fahren würde. Und es ist bald Mai. Er hat Matti gebeten, seine Versichertenkarte in die Praxis zu bringen, damit Frau Springer, deren Namen ihm wieder eingefallen ist, endlich zufrieden ist. Dr. Hoffmann sollte sie ausrichten, dass er pausieren müsse, weil es momentan Schwierigkeiten mit der Telefonverbindung gebe.

Es gibt noch mehr Dinge, die er nicht bedacht hat, als er in die Pagode im Park zog: Im April ist es mitunter saukalt in der Nacht, wenn man keine schützenden Bleche oder Wände um sich hat. Die Pagode ist aus Holz und rundherum offen. Seine zwei Decken reichen nicht gegen den Durchzug. Auch seine Rückenbeschwerden werden hier nicht aufhören. Zwar kann er sich endlich ausstrecken beim Schlafen, aber eine Holzbank bleibt eine Holzbank und Durchzug bleibt Durchzug. Dabei ist er oft froh um den Durchzug, denn der Gestank von Erwins Fellmantel kann einem den Atem rauben.

Er ist trotzdem dankbar für die Unterkunft und außerdem für die grüne Wolljacke, die ihm Erwin wortlos für drei Bier überlassen hat. Nachdem er sie zuerst als Kopfkissen benutzt hat, trägt er die Jacke nun ständig, um sich seiner Umgebung anzupassen. Am Ärmel hat sie ein kleines Loch von einem Zweig, an dem er hängen blieb, als er Herrn Lichte am Teich beobachtete.

Es ist Zeit umzukehren, sagte er in den Busch hinein. Es ist Zeit umzukehren, Busch, sagte er und zog sich zurück. Er blieb mit der Jacke hängen und riss das erste Loch hinein. Hinter sich hörte er die Vögel über den Teich flattern und platschen, und Herr Lichte lachte.

Er beißt in den Apfel, den die Sonne angewärmt hat. Er schmeckt, wie ein Apfel schmecken soll. Den Butzen wirft er auf die Wiese vor der Pagode. Die Amseln werden sich nicht heranwagen, solange er hier sitzt, die blauschwarze Krähe schon. Sie kommt jeden Tag näher. Wenn er sich den Operngucker vor die Augen hält, traut sie sich bis aufs Geländer der Pagode. Rechts hat die Krähe einen Sprung. Sie fixiert abwechselnd den Operngucker, den sie als kleinere Gefahr als Menschenaugen einstuft, und den Leckerbissen, den er ihr mit der freien

Hand hinhält: ein Stück Butterkeks, ein Stück Leberkäse, ein Stück Semmel, eine Nuss. Irgendwann wird sie das Misstrauen überwinden und ihm aus der Hand fressen.

Er schaut hinauf in die lichtgrünen Baumwipfel, die über ihm im Frühlingswind schwanken. Die Krähe sitzt im vierten Baum von links und behält ihn im Auge. Es sind ungefähr 30 Bäume, die er von der Pagode aus sieht. Sie genau zu zählen, hat er keine Lust. Etwa ein Drittel davon sind richtig große Bäume, der Rest ist jung oder kleinwüchsig. Er wird Matti bitten, das nächste Mal ein Baumbestimmungsbuch mitzubringen. Schüler müssen so etwas im Regal stehen haben. Schließlich wäre es unhöflich, seine neuen Nachbarn im Park mit Nummern anzusprechen, selbst wenn er nicht vorhat, lange ihr Nachbar zu bleiben.

Sobald er die Bäume besser kennt, wird er Dr. Hoffmann einladen, mit ihm einen Tag lang oder länger im Park zu baden. Der Park ist groß. Und Bäume gibt es genug. Und kein Mensch grüßt. Auch Erwin und die Frau mit dem Mischling grüßen nicht. Weder ihn noch einander. Erwin verschwindet oft für ein, zwei Tage. Er weiß nicht, ob Erwin dann ein leeres Auto zum Schlafen sucht oder Mülltonnen voller Tauschartikel. Die junge Frau mit dem Mischling wohnt eigentlich in der Fußgängerunterführung zur Altstadt. Sie redet nicht viel. Sie hat ihren Namen nicht verraten, nur den von

Erwin. Erwin redet gar nicht. Ob er es nicht kann oder nicht will, hat er bisher nicht herausgefunden.

Matti sagte gestern: Susan hat mich gefragt, wie es dir geht. Das ist doch ein gutes Zeichen, oder? Und sie hat gesagt, sie finde das wirklich mutig mit dem Park.

Er sagte: Ja, das ist ein sehr gutes Zeichen.

Erwachsene sind mir viel zu kompliziert, sagte Matti. Das muss ich nicht verstehen. Aber wenn wer kommt, den ich kenne und den du kennst, machst du dich unsichtbar. Ja? Außer wenn wir Fußball spielen, Fußball spielen darf hier jeder, das ist normal.

Die Unsichtbarkeit zieht ihm immer mehr Fäden an der grünen Jacke oder reißt sogar Löcher hinein. Er ist trotzdem froh, dass er die Jacke hat, sonst würden ihm die Äste und die Unsichtbarkeit noch näher auf den Leib rücken, als sie es ohnehin schon tun. Und das wäre wieder ein Missverständnis. Er zumindest will niemandem und nichts zu nahe treten. Auch nicht der Joggerin, die ihn als Spanner beschimpfte und die Polizei holen wollte. Dabei hatte er der Frau erklärt, dass er mit dem Operngucker im Gebüsch saß, um auf seine eigene Frau zu warten, die hier früher jeden Morgen laufen war und heute wohl wieder einmal auftauchen würde im Park. Susanne tauchte nicht auf. Er sollte Matti fragen, ob sie überhaupt irgendwo joggen geht oder ausschließlich zum Yoga. Außerdem sollte er ernsthaft darüber nachdenken, warum er so oft missverstanden wird.

Frau Winkler wollte ihn wegen Verleumdung verklagen, als er sie fragte, ob sie aus Versehen sein Auto habe abschleppen lassen.

Wo züchtest du jetzt deine Himmelschlüssel, ohne Auto?, fragte Julia besorgt und drückte die Puppe Otto an sich.

Frau Lichte drückte entzückt seine Hand, als er ihr vom Abtransport seines Wagens berichtete, und meinte, was für eine wundervolle Idee, dazu müsse sie ihn beglückwünschen. Sie lasse ihren Mercedes auch abholen. Seit er vor dieser blutroten Garage stehe, wirke sein Meeresblau leider komplett heruntergekommen. Rot und Türkis, das beißt sich, schrecklich. Dass ich das nicht bedacht habe, als ich das erlaubte, sagte Frau Lichte. Das ist ja kein Meer mehr, auf das wir schauen, das ist ein Abgrund mit Innereien. Und mein Mann wird nicht mehr in Versuchung geführt, wenn der Wagen weg ist. (Frau Lichte hob den Zeigefinger.) Ich weiß selbstverständlich, was da los war, Herr Busch, ich bin nicht senil.

Bei Stegmanns klingelte er vergeblich.

Im Café-Bistro standen drei späte Brezenesser an der Bar, als er hereinkam. Sie lasen Zeitung und ließen ihre Krümel zu Boden fallen.

Markus ist nicht da, sagte Gitti. Ihre hellblond gefärbten Haare schimmerten im Licht der Thekenspots.

Er sagte: Mein Auto wurde abgeschleppt.

Warst du im Parkverbot?, fragte Gitti.

So ähnlich, sagte er.

Gitti sagte: Markus ist auf dem Weg nach Berlin. Darf ich dir einen Schnaps anbieten? Geht aufs Haus.

Er hatte gehofft, Markus würde ihm vorübergehend die Kunstlederbank neben der Bar zum Schlafen anbieten. Und er würde dafür vorübergehend die Krümel aufkehren, die an den Zeitungen vorbei auf den Boden fielen und dort zu Dreck wurden. Statt der Kunstlederbank probierte er eine Nacht lang das Sofa im Wohnzimmer aus, weil die Schlafzimmertür zu der blau-goldenen Überdecke nicht einfach aufging. Selbst wenn er das wünschte. Das Sofa war jedoch ungemütlich. Es ließ ihn nicht schlafen. Er wusste: Das hatte etwas mit ihm zu tun und mit den Dingen, die er erst lösen musste, bevor ihn die Sofapolster, die Wohnung, das Haus und all die anderen wieder aufnahmen.

Von außen sieht man manchmal besser, sagte er deshalb am nächsten Tag zu der Badetasche aus Plastik. Der Oktopus auf der Vorderseite glotzte ihn aus riesigen Augen vertrauensvoll an. Die Tasche schluckte sechs tägliche Äpfel, eine Zahnbürste, einen Kamm, ein Sixpack Bier, die beiden ehemaligen Autodecken, die Wäsche, die Susanne ins Bad gelegt hatte, und den Operngucker. Die anderen Sachen, die vorher in seinem Auto waren, hatte er in den Keller geräumt. Das karierte Blatt (ERWARTE DICH IM PARK!) klebte er auf Mattis Schreibtisch, bevor er ging. Damit Matti wusste, dass er in mehrerlei Hinsicht Fortschritte machte, malte er zwei Mundsprachengesichter dazu: eins mit Smiley („alles bestens"), eins mit geradem, geschlossenem Mund („pst, Geheimnis"). Das Vokabelheft legte er ebenfalls auf Mattis Schreibtisch. Es dauerte zwei Tage, bis sein Sohn in den Park kam. Jetzt sagt Matti nicht mehr „und?", sondern „unsichtbar" zu ihm.

Die letzten drei Butterkekse schenkte er den Ameisen. Sie hatten den farbverseuchten Eingang aufgegeben und benutzten einen der hinteren, kleineren Zugänge zum Bau. An euch sollte man sich ein Beispiel nehmen, sagte er und verließ den Hof.

Ein paar Tage später macht Matti ein triumphierendes Gesicht, als er den Fußball auf die Wiese legt. Matti bringt ihn von Zuhause mit. Denn der Ball passt nicht in die wasserdichte Oktopustasche, in der er seinen Besitz verstaut und tagsüber in einem Gebüsch unter dem fünften Baum von rechts versteckt.

Ich habe das Rätsel gelöst, meint sein Sohn. Die Stegmanns müssen es gewesen sein, sie haben den Abschleppdienst gerufen und sind anschließend abgehauen. Kein Licht am Abend, keine Geräusche in der

Wohnung. Und das seit zwei Wochen. Das sei schon sehr verdächtig.

Vielleicht sind sie verreist, bremst er Mattis Verdacht, auf Hochzeitsreise.

So wie Heidrun?, fragt Matti. Oma ist mit ihr beim Tierarzt gewesen. Und weil sie auf Hochzeitsreise war, kriegt die Katze nun bald Junge. (Matti verdreht die Augen.) Oma denkt, ich bin ein Baby und weiß nicht, wie das geht. Paps? Können wir eins der Kätzchen holen, wenn sie auf der Welt sind? Oma meint, das würde mir guttun.

Er sagt: Susanne ist doch allergisch.

Aber du nicht, sagt Matti und schaut sich in der Pagode um, und hier kann die Katze raus.

Am Abend kommt eine Gruppe an der Pagode vorbei und bleibt auf der Wiese davor stehen. Männer, Frauen, drei Jugendliche. Sie sehen ihn nicht in dem offenen Holzbau sitzen, weil er zu durchlässig dafür ist oder weil alle die Blicke auf ihre Smartphones gerichtet haben. Ein Jugendlicher reibt das Display an seinem Bauch sauber, über den ein AC/DC-T-Shirt spannt.

Kacke, sagt der Jugendliche, was ist das?! Die Kilometerbelohnung ist weg. Genau auf dem PokéStop!

Eine dunkelhaarige Frau sagt: Ich finde es unfair, dass ich ständig Geschenke verschicke und keine zurückbekomme.

Das macht nichts, sagt eine blonde Frau. So kannst du viele Freunde leveln.

Und was nützt mir das?, fragt die Dunkelhaarige zurück.

Konzentriert euch, sagt Günter, wir brauchen mehr Bälle, um sie zu fangen. Und dann ab in die Arena. Ich bin in Siegerlaune. Siegen und sein, das ist groß.

Die Gruppe entfernt sich. Er sitzt in der Pagode und zieht den Zipper seiner grünen Jacke zu. Günter, sagt er hinter der Gruppe her, das hätte ich dir gar nicht zugetraut. Pokémons jagen. Alle Achtung! Und nicht einmal deine eigene Jacke hast du erkannt.

Durch ihre Löcher kriecht der kühle Abend.

Er vermisst den Wetterbericht. Er vermisst Matti und Susanne und hat keinen Grund, solche Sentimentalitäten kurz zu halten.

Regel 9: *Keine Regeln mehr aufstellen.* Hier draußen gelten andere Gesetze.

Manchmal ist die Zeit ein Beben. Es beginnt morgens um sieben Uhr und dauert bis in den späten Nachmittag. Mittags machen die Arbeiter eine Stunde Pause.

Erwin hat irgendwo einen Wecker gefunden und ihm die Uhr wortlos für drei Bier überlassen. Es ist ein handlicher Reisewecker, den er ständig bei sich trägt. Teils kommt das Beben vom leisen Ticken der Uhr in seiner Hosentasche. Den meisten Lärm macht jedoch der Bulldozer, der am Teich Büsche ausreißt und Erde verschiebt. Die Amseln verstecken sich. Die Krähe sitzt anfangs auf dem obersten Ast des höchsten Baumes. Erwin ist seit Tagen verschwunden.

Als er die junge Frau mit dem Mischling trifft, meint sie, Erwin habe was Passendes in der Nähe der Fußgängerzone gefunden. Das sei nichts für sie, so ganz ohne Grün. Er findet das auch und lobt seine grüne Wolljacke und die treue Krähe, die sich wie er an den Lärm gewöhnt hat und ihm nun die Walnüsse aus den Fingern reißt. Allerdings nur, wenn er sich den Operngucker vor die Augen hält.

Er wartet, bis der Bulldozer die ausgerissenen Büsche und die überschüssige Erde weggefahren hat. Er wartet, bis der Lkw eine Fuhre Sand nach der anderen bringt und sie ans Teichufer kippt, wo Arbeiter den Sand mit Schaufeln verteilen. Er wartet mehrere Tage, bis die Arbeiter fertig sind mit dem Strand. Am siebten Tag kehrt Ruhe ein, und er sieht, dass es gut ist.

Er begrüßt alle Büsche und Bäume rundherum, deren Namen er nun kennt, weil Matti ihm das richtige Buch gebracht hat: Buche, Erle, Pappel, Weißdorn. Am Weißdorn hat er sich die meisten Löcher in die grüne Jacke gerissen. Er zählt die Löcher nicht. Es könnte wie ein Vorwurf klingen, und er hat seinen Nachbarn rein gar nichts vorzuwerfen. Weder den neuen im Park noch den alten im Haus.

Am Strand lässt er eine Handvoll sonnenwarmen Sand durch seine Finger rieseln. Er denkt an den Buchhändler in Bayreuth, der sich hinsetzte und auf die Ideen und die Liebe wartete, weil es nichts nützt, ihnen nachzulaufen. Wer warten kann, der hat Glück. Er denkt an Herrn Lichte, der den Vögeln beibringt, wann es höchste Zeit ist, umzukehren. Er setzt sich auf den Strand, der nun zu ihm gekommen ist, nachdem er ihn vergebens suchte. Die ersten Ameisen erkunden das neue Land. Und am anderen Ende des Teiches wachsen Wasser, Wald und Himmel zusammen. Der Himmel ist heute von einem ganz besonderen Blaugrün, das ihm die Bäume mit ihrem jungen Laub vermacht haben.

Vor ihm liegt das Wasser, das trüb und aufgewühlt ist von all den Veränderungen. Bald werden die Vögel wiederkommen, die Enten, die Krähe, die klug und süchtig ist nach den Nüssen in seiner Jackentasche, und die zwei Reiher, die manchmal am Teichrand im seichten Wasser stehen. Sollten sie im trüben Teich keine Fische finden, werden sie eben Frösche fangen.

Er zieht sich die Schuhe aus, um nicht ein weiteres Paar im Wasser zu verderben. Es ist gerade sein einziges Paar. Er steht auf, tritt ins Wasser und schaufelt eine Handvoll davon mit Schwung in die Höhe. Die Tropfen bleiben in der Luft hängen wie das Meer irgendwo in Italien am Himmel. Er spürt den Grund unter seinen nackten Füßen. Dann fallen die Tropfen zurück zur Erde.

Wenn Matti kommt, wird er ihm den Himmel und die Erde, das Wasser und das Land mit den tiefen Reifenabdrücken der Fahrzeuge zeigen. Und er wird sagen: Es ist besser, wenn Autos spurlos verschwinden. Und sag Susanne, ich habe den Strand gefunden. Sag ihr, ich sitze hier und warte auf sie. Wenn Susanne kommt, wird er auch für sie eine Handvoll Wasser in die Luft schaufeln. Die Tropfen werden in der Luft hängen bleiben, und er wird zu ihr sagen: Siehst du das? Bevor sie umkehren, müssen sie völlig zum Stillstand kommen. Das ist ein physikalisches Gesetz.